本《ほん》の

天《てん》
本《ほん》の上《うえ》の部分《ぶぶん》。
背《せ》
本《ほん》をたばねている部分《ぶぶん》。
小口《こぐち》の反対側《はんたいがわ》。
小口《こぐち》
本《ほん》をひらく側《がわ》。
地《ち》
本《ほん》の下《した》の部分《ぶぶん》。
溝《みぞ》
本《ほん》をひらき
やすくしている
怪談
オウマガドキ学園
23 妖怪《ようかい》たちの職場見学《しょくばけんがく》
怪談オウマガドキ学園編集委員会 責任編集・常光徹
絵・村田桃香 かとうくみこ 山崎克己
みんなが読《よ》んでいる
本《ほん》の部分《ぶぶん》には
いろんな名前《なまえ》が
ついているよ

怪談 オウマガドキ学園《がくえん》

図書室《としょしつ》は異次元空間《いじげんくうかん》

「本棚《ほんだな》のおくにはひみつのドアが…」

怪談オウマガドキ学園編集委員会
責任編集・常光徹　絵・村田桃香 かとうくみこ 山﨑克己

どこかにあるけどどこだかわからない
この世《よ》とあの世《よ》のさかいめあたり
昼《ひる》と夜《よる》とがまじりあう
オウマガドキは
ふしぎの時間《じかん》

とびらがひらけば
そこが入《い》り口《ぐち》
クラスメートは
オバケと幽霊《ゆうれい》と妖怪《ようかい》と……
さあ、もうすぐ授業《じゅぎょう》がはじまるよ
化学大全
超能力と魔力

オウマガドキ学園

「図書室《としょしつ》は異次元空間《いじげんくうかん》」の時間割《じかんわり》

キャラクター紹介《しょうかい》

生徒《せいと》

タヌキのポン太《た》

食《く》いしんぼうで
おっちょこちょい。

河童《かっぱ》の一平《いっぺい》

クラスではリーダー的存在《てきそんざい》。
学級委員《がっきゅういいん》。

幽麗華《ゆうれいか》

転校生《てんこうせい》。クールな性格《せいかく》。

牛鬼《うしおに》のウシオ

いたずら大好《だいす》きガキ大将《だいしょう》。
いつも先生《せんせい》におこられている。

雪娘《ゆきむすめ》のゆき子《こ》

クラスの
アイドル的存在《てきそんざい》。

魔女《まじょ》のまじょ子《こ》

マジョリー先生《せんせい》の娘《むすめ》。
おしゃれ好《ず》き。

生徒《せいと》

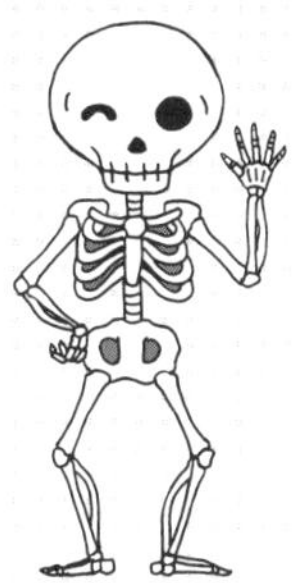

人面犬助《じんめんけんすけ》

足《あし》がはやい。
時速《じそく》100キロ以上《いじょう》で走《はし》る。

ガイコツのホネオ

しずかな性格《せいかく》で
おひとよし。
楽器《がっき》の演奏《えんそう》がとくい。

ぬらりひょんぬらりん

頭《あたま》はいいが、つかみどころが
なく不気味《ぶきみ》。

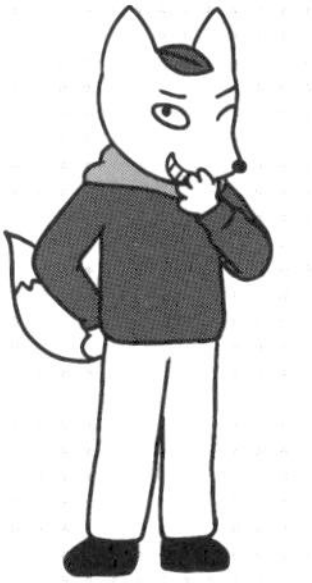

トイレの花子《はなこ》

トイレにすみついている。
親切《しんせつ》だが気《き》が強《つよ》く、うるさい。

キツネのコン吉《きち》

しっかりしているが、
ずるがしこい。

先生《せんせい》

二宮金次郎先生《にのみやきんじろうせんせい》

妖怪語《ようかいご》の先生《せんせい》。
趣味《しゅみ》は読書《どくしょ》と薪《まき》ひろい。
本《ほん》の読《よ》みすぎで
数年前《すうねんまえ》からメガネを
かけるようになった。

座敷《ざしき》わらしの小夜《さよ》

ひとりでのんびり
するのが好《す》き。

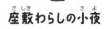

はじまりのHR《ホームルーム》

はじまりのチャイムがなったのに、まだ先生《せんせい》があらわれません。

「おい、一平《いっぺい》、今日《きょう》の先生《せんせい》はだれだっけ？」

キツネのコン吉《きち》が聞《き》きました。

「えーと、たしか、二宮金次郎先生《にのみやきんじろうせんせい》だったと思《おも》うよ」

そのとき、右手《みぎて》でおちそうなメガネをささえながら、左《ひだり》わきばらに本《ほん》をかかえた二宮金次郎先生《にのみやきんじろうせんせい》が、あわてて教室《きょうしつ》に入《はい》ってきました。

「すまん、すまん。おそくなってしまって……。図書室《としょしつ》によっていたもんで」

そして、かかえてきた本《ほん》を教卓《きょうたく》の上《うえ》にどんとおきました。

「今日《きょう》は本《ほん》の話《はなし》をしようと思《おも》ってね。きみたちは図書室《としょしつ》に行《い》ったことがあるかな?」

二宮先生《にのみやせんせい》はみんなの顔《かお》を見《み》まわしながらたずねました。

「宝《たから》さがしのときに、旧校舎《きゅうこうしゃ》の図書室《としょしつ》に行《い》きました」

と、魔女《まじょ》のまじょ子《こ》がいうと、

「新《あたら》しい図書室《としょしつ》には行《い》ったかかな? 新《あたら》しいといっても、もう五、六十年《ねん》はたつと思《おも》うけど、きみたちに役立《やくだ》つ本《ほん》がたくさんあると思《おも》うよ」

「まだ、行《い》ったことありません」

とガイコツのホネオがいうと、先生《せんせい》はちょっとがっかりしたような顔《かお》をしました。そのとき、ぬらりひょんぬらりんが、とくい顔《がお》で、

「これ、図書室《としょしつ》から借《か》りている本《ほん》です」

お〜!!
さすがぬらりん!
へッ……
妖怪を愛した人間
ぶあつい本《ほん》だ……!
まだ行《い》ったことありません
ないない!
ジャーンッ

といって、一さつの本《ほん》を出《だ》すと、
「ああ、その本《ほん》、きみが借《か》りていたんだ。その本《ほん》をさがしていたんだけど、見《み》つからなくて、保存用《ほぞんよう》のをもってきたんだよ」
といって、二宮先生《にのみやせんせい》もおなじ本《ほん》をみんなに見《み》せました。
「これは、うしみつトオル博士《はかせ》の『妖怪《ようかい》を愛《あい》した人間《にんげん》』というちょっとむずかしい本《ほん》だ。ぬらりんくんにどうかと思《おも》ったんだけど、もう読《よ》んでいたんだね。うしみつ先生《せんせい》

の『人間文化《にんげんぶんか》９９９選《せん》』も人間研究《にんげんけんきゅう》にはかかせない本《ほん》だよ」

といって、べつの本《ほん》をとりだして、

「こっちは、人間世界《にんげんせかい》にまぎれこんでくらしている魔女《まじょ》や魔法《まほう》つかいの子《こ》たちが、魔法学校《まほうがっこう》に入《はい》って魔法《まほう》を勉強《べんきょう》する話《はなし》だ。なかなかおもしろいよ」

といって、まじょ子《こ》に手《て》わたしました。

「あと、こちらの本《ほん》は、われわれのせんぱいの妖怪《ようかい》たちが、どうやって人間《にんげん》たちとつきあってきたかが書《か》かれている。『稲生物怪絵巻《いのうもののけえまき》』、『百鬼夜行図《ひゃっきやぎょうず》』には、最近《さいきん》お見《み》かけしない方《かた》がたもいらして、たいへん貴重《きちょう》だ。ぜひ、みんなに見《み》てほしい本《ほん》だ」

といって、生徒《せいと》たちにかいらんしました。

「つぎは人間《にんげん》たちが書《か》いた本《ほん》で、なんとわれわれのことが書《か》いてある。『怪談《かいだん》オウマガドキ学園《がくえん》』というシリーズだ。姉妹版《しまいばん》に『怪談《かいだん》レストラン』というのもある。本《ほん》がにがてという生徒《せいと》にも、おもしろいと評判《ひょうばん》の本《ほん》だよ。今日《きょう》は休《やす》み時間《じかん》に、ぜひ図書室《としょしつ》に行《い》ってみなさい。それで、どんな本《ほん》にみんなが興味《きょうみ》をもったか、帰《かえ》りのＨＲ《ホームルーム》で報告《ほうこく》してほしい。三さつまで借《か》りることもできるからね」

最後《さいご》に二宮先生《にのみやせんせい》は、

「『本《ほん》は一生《いっしょう》の友《とも》だち』だから、本《ほん》と仲《なか》よくしようね。こまったとき、なやんでいるとき、図書館《としょかん》に行《い》ってごらん。きっとヒントをくれる本《ほん》がある。勇気《ゆうき》づけ、なぐさめてくれる本《ほん》が見《み》つかるかもしれない」

というと、教室《きょうしつ》にもってきた本《ほん》をまたかかえて、出《で》ていきました。

1時《じ》間《かん》目《め》

怖《こわ》い本《ほん》

紺野愛子《こんのあいこ》

ここはサンパウロ郊外《こうがい》の公立図書館《こうりつとしょかん》。アナ、マリア、ベッチ、ガブリエラの四人《にん》の少女《しょうじょ》は、学校《がっこう》で出《だ》された「ブラジルの美術《びじゅつ》」という宿題《しゅくだい》を図書館《としょかん》でやっていた。

自分《じぶん》のぶんを終《お》えたガブリエラは、おもしろい本《ほん》をさがして、本棚《ほんだな》の本《ほん》をあれこれ見《み》ていた。

(あれ、この本《ほん》、なんかかわっている)

カラフルな本《ほん》にまじって、黒《くろ》い本《ほん》があった。

手《て》にとるとずっしり重《おも》い。黒革《くろかわ》の表紙《ひょうし》には『怖《こわ》い本《ほん》――怪談《かいだん》と都市伝説《としでんせつ》』とある。

（へえ、おもしろそう）

ホラー好《ず》きなガブリエラが本《ほん》をひらこうとしたら、ベッチが声《こえ》をかけた。

「ガブ、なにやってるの？　もう帰《かえ》ろう。おなかペッコペコだよ！」

「ちょっと待《ま》って。この本借《ほんか》りてくる」

ガブリエラは本《ほん》を貸《か》し出《だ》しカウンターにもっ

ていった。

ところが、図書館員《としょかんいん》は本《ほん》のあちこちを見《み》て、首《くび》をひねった。

「この本《ほん》はここの図書館《としょかん》のものじゃないわ。もうしわけないけど、貸《か》し出《だ》しはできません。わすれものかしら？」

「えーっ、あした、かならずもってきますから、貸《か》してください！」

ひっしでたのむガブリエラを見《み》て、図書館員《としょかんいん》はため息《いき》をついた。

「図書館《としょかん》の本《ほん》じゃないから、わたしに貸《か》す権利《けんり》はないの。じゃあ、こうしましょう。あなたがひろったものだし、あなたがあした警察《けいさつ》に、おとしものとしてとどけたらいいんじゃない？」

（そうすれば、ひと晩《ばん》読《よ》むことができる！）

「ありがとうございます！」

と、ガブリエラはにっこりした。

「ただし、なにかあってもわたしは責任《せきにん》をもてませんからね」

と、図書館員《としょかんいん》はきっぱりいった。

図書館《としょかん》を出《で》て、四人《にん》はくらくなった道《みち》を歩《ある》いてバス停《てい》にむかった。

ガブリエラは本《ほん》が読《よ》みたくてたまらない。ほかの三人《にん》がおしゃべりしていたので、本《ほん》をひらいた。一ページ目《め》にふとい活字《かつじ》で、こう書《か》いてあった。

『この本《ほん》の作者《さくしゃ》は不明《ふめい》だが、怪奇《かいき》な体験《たいけん》を多《おお》くしたらしい。読者《どくしゃ》に警告《けいこく》！　覚悟《かくご》をもってこの本《ほん》を読《よ》め。そして、この本《ほん》のかげに気《き》をつけ

ろ！』」

「なにこれ、ばっかみたい！」

ガブリエラが笑《わら》ったとたんに、本《ほん》がブルブルふるえだした。

「キャッ！」

ガブリエラはびっくりして本《ほん》をおとした。三人《にん》はそのようすにおどろいた。

「ガブ、どうしたの？」

「本《ほん》が、本《ほん》がふるえたの！」

するときゅうに強《つよ》い風《かぜ》がふいて、本《ほん》をパラパラとめくった。本《ほん》はどのページも真《ま》っ白《しろ》になっている。ガブリエラは本《ほん》をひろいあげた。

「そんなバカな！　ちゃんと印刷《いんさつ》してあったのに！」

四人《にん》はおどろいて見《み》つめあった。

「気味悪《きみわる》いから、かえしてきなよ」

とベッチにいわれて、ガブリエラは本《ほん》をかかえて図書館《としょかん》に走《はし》った。

しかし、図書館《としょかん》はもう閉館《へいかん》していた。

(どうしよう……)

門《もん》の前《まえ》でたたずむガブリエラは、ふとだれかの気配《けはい》を感《かん》じた。

ふりむくと黒《くろ》い服《ふく》を着《き》た大《おお》きな男《おとこ》がいる。男《おとこ》はうつろな目《め》をして、ナ

イフをもっていた。
「うう、おれをよんだだろう！」
男《おとこ》はさけびながらナイフをふりかざして、ガブリエラをおそった。
ガブリエラはむちゅうで本《ほん》を頭《あたま》の上《うえ》にかざした。ナイフは本《ほん》にずぶりとささった。

「んがーっ！」

男《おとこ》はくるしみだし、大《おお》きなさけびとともに、けむりがあがった。

ガブリエラがわれにかえったとき、あの男《おとこ》はおらず、本《ほん》もなくなっていた。恐怖《きょうふ》でまだ歯《は》ががくがくしている。

（あの男《おとこ》が本《ほん》のかげ？　ほんとうに怖《こわ》い本《ほん》だったよ〜）

図《と》書《しょ》室《しつ》のむこう側《がわ》

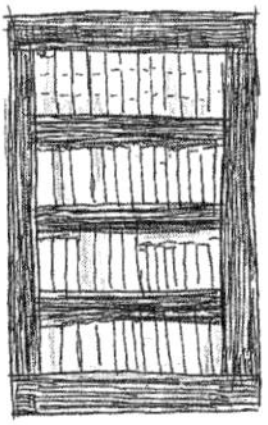

かとうくみこ

葉月《はづき》は、四月《がつ》に中高一貫《ちゅうこういっかん》の女子校《じょしこう》に入学《にゅうがく》したばかりの中学《ちゅうがく》一年生《ねんせい》だ。

昼休《ひるやす》みの図書室《としょしつ》の窓《まど》からは、ちったばかりの桜《さくら》の木《き》が見《み》える。高校生《こうこうせい》といっしょの図書室《としょしつ》は、おおぜいの女《おんな》の子《こ》がいて、みんな楽《たの》しそうだった。あかるく広《ひろ》びろしてとてもきれいだ。けれど、葉月《はづき》はおちつけない。でもここにいるしかない。友《とも》だちがいないので、昼休《ひるやす》みの教《きょう》室《しつ》には居場所《いばしょ》がないのだ。

新刊本《しんかんぼん》のコーナーに近《ちか》づくと、すぐそばの真《ま》っ白《しろ》なカウンターにいる、司書《ししょ》の先生《せんせい》と目《め》があった。メガネをかけたわかい女《おんな》の先生《せんせい》で、ひょろっと背《せ》が高《たか》い。なにかいいたそうだ。

（お友《とも》だちはできた？　学校《がっこう》は楽《たの》しい？　とかいわれそう！）

葉月《はづき》はビクッとして、にげだした。図書室《としょしつ》のおくのほうに行《い》くと、背《せ》の高《たか》い白《しろ》い本棚《ほんだな》がならんでいるところに出《で》た。本棚《ほんだな》のおかげでカウンターが見《み》えない。おまけに、むずかしそうな本《ほん》がならんでいて、そのせいか、だれもいない。ほっとして一番《いちばん》おくの本棚《ほんだな》によりかかると、グラッとゆれて、

「あっ……」

葉月《はづき》は、あっというまに、見《み》たことのない小《ちい》さい部屋《へや》にいた。まわりのかべには、茶色《ちゃいろ》の本棚《ほんだな》がならび、古《ふる》ぼけた茶色《ちゃいろ》のカウンターには、司《し》書《しょ》らしい年《とし》とった女《おんな》の先生《せんせい》がいる。

先生《せんせい》は葉月《はづき》を見《み》て、ニッコリと目《め》をほそめた。

「本棚《ほんだな》が回転《かいてん》とびらになっていて、あなたはそこから入《はい》ってきたのよ。こちら側《がわ》にも図書室《としょしつ》があって、びっくりしたでしょ。ここの本《ほん》はこの中《なか》でなら自由《じゆう》に読《よ》んでいいわよ」

先生《せんせい》のいうことは、わけわからないし、本棚《ほんだな》には、むかしの本《ほん》ばかりならんでいる。どれもボロボロで、読《よ》む気《き》になれない。けれど、もうあの真《ま》っ白《しろ》なカウンターには行《い》きたくない。しかたなく、一さつえらんで、近《ちか》くにあった古《ふる》いソファーにすわった。

黄《き》ばんだページをひらくと、動物《どうぶつ》のさし絵《え》が目《め》にとびこんできて、たちまちお話《はなし》にひきこまれた。

キンコンカンコーン

遠《とお》くで予鈴《よれい》のなるのが聞《き》こえた。むちゅうで読《よ》んでいて、時間《じかん》がたつのに気《き》がつかなかったのだ。葉月《はづき》はあわてて本棚《ほんだな》に本《ほん》をかえしてから、あせった。よく見《み》ると、どれもただの本棚《ほんだな》で、回転《かいてん》とびらじゃないっ！　それに、部屋《へや》のどこにもドアがない！

するとと先生《せんせい》がささやいた。

「どれでもいいから、本棚《ほんだな》をおしなさい」

いそいでおすと、グルリとまわって、あっというまにもとの図書室《としょしつ》にもどった。うしろから、

「またいらっしゃい。わたしはセツ子先生《こせんせい》よ」

という声《こえ》が聞《き》こえて、パタンと音《おと》がした。ふりかえると白《しろ》い本棚《ほんだな》が、

ちょっとゆれていた。

放課後《ほうかご》、葉月《はづき》は図書室《としょしつ》のおくにまたきてみた。昼休《ひるやす》みによりかかった、背《せ》の高《たか》い白《しろ》い本棚《ほんだな》のうしろはかべで、そのむこうはうら庭《にわ》だった。まわりにはだれもいない。おそるおそる本棚《ほんだな》をおすと、グルリとまわった。

「図書室《としょしつ》のむこう側《がわ》」に行《い》くと、大《おお》きなひとみの女《おんな》の子《こ》が本《ほん》を読《よ》んでいた。背《せ》が高《たか》いので、高校生《こうこうせい》だろうか。きんちょうして立《た》っていたら、セツ子先生《こせんせい》がほほえんだ。

「あら、いらっしゃい。この子《こ》は、ユキちゃんよ。あなたは……、なんてよべばいいかしら？」

「葉月《はづき》で、いいです」

そういうと、昼休《ひるやす》みに読《よ》んでいた本《ほん》を、棚《たな》から出《だ》した。

ユキちゃんが、大《おお》きなひとみでじっと本《ほん》を見《み》て、ぼそっといった。

「それ……、わたしも読《よ》んだ。おもしろかった」

「動物《どうぶつ》のお話《はなし》ね、わたしも大好《だいす》き。その本《ほん》を書《か》いた作家《さっか》はね……」

セツ子先生《こせんせい》が、ささやくように話《はな》しだした。

だれも学校《がっこう》は楽《たの》しい？　とか、お友《とも》だちは？　とか、何年生《なんねんせい》？　とかいわない。

それから葉月《はづき》は「図書室《としょしつ》のむこう側《がわ》」にかようようになった。そして、だんだん学校《がっこう》が楽《たの》しくなっていった。

夏休《なつやす》みの近《ちか》づいたある日《ひ》、葉月《はづき》は「図書室《としょしつ》のむこう側《がわ》」に行《い》った。

「こんにちは！」

「あら、ひさしぶり」

セツ子先生《こせんせい》がほほえんだ。本《ほん》を読《よ》んでたユキちゃんが、葉月《はづき》と小《ちい》さく手《て》をふりあった。

「なにか、話《はな》したいことがありそうね？」

セツ子先生《こせんせい》が、ささやいた。

「クラスで最近《さいきん》よくおしゃべりする子《こ》たちに、夏休《なつやす》みにみんなで、どこかに、遊《あそ》びに行《い》こうってさそわれて。わたしは動物園《どうぶつえん》に行《い》きたいけど、そんなこといったら、子《こ》どもっぽいかな？」

「あら、すてきじゃない。みんなにいって、いいと思《おも》うわよ」

セツ子先生《こせんせい》がほほえんだ。ユキちゃんも、大《おお》きなひとみをキラキラさせてうなずいた。

夏休《なつやす》みが終《お》わった。葉月《はづき》は楽《たの》しかった動物園《どうぶつえん》の話《はなし》をしようと、図書《としょ》室《しつ》にきた。ところが、背《せ》の高《たか》い白《しろ》い本棚《ほんだな》をおしても、ビクともしない。

あっちこっちおしたが、ダメだった。

ぼうぜんと歩《ある》いていたら、真《ま》っ白《しろ》なカウンターに、メガネをかけた背《せ》の高《たか》い、わかい女《おんな》の先生《せんせい》がいるのが見《み》えた。どうしてもセツ子先生《こせんせい》とユキちゃんのことがしりたくて、思《おも》いきって近《ちか》づいて、話《はな》しかけた。

葉月《はづき》の話《はなし》を聞《き》きおわると、先生《せんせい》はだまってカウンターの下《した》から、小《ちい》さい写真立《しゃしんた》てを出《だ》した。

「あっ！」

そこには古《ふる》ぼけた茶色《ちゃいろ》のカウンターのところにいる、セツ子先生《こせんせい》とユキちゃんの写真《しゃしん》があった。

「セツ子《こ》先生《せんせい》ととったむかしの写真《しゃしん》よ。このあと、校舎《こうしゃ》はたてかえられて、先生《せんせい》も定年退職《ていねんたいしょく》したの。けれど先生《せんせい》は『わたしの心《こころ》は、いつも古《ふる》い図書室《としょしつ》にあるわ』って、ずっといっていた。おばあちゃんになって、今《こ》年《とし》の夏《なつ》に亡《な》くなる前《まえ》もおなじことといってた」

葉月《はづき》がビックリして、先生《せんせい》の顔《かお》を見《み》ると、メガネのおくで、ユキちゃんに似《に》た大《おお》きなひとみが、キラキラしていた。

妖《よう》怪《かい》ことばあそび

上《うえ》から読《よ》んでも、下《した》から読《よ》んでも、おなじになる文章《ぶんしょう》を「回文《かいぶん》」っていうんだよ。

・におう鬼《おに》
（におうおに）

・悪《わる》いガマがいるわ
（わるいがまがいるわ）

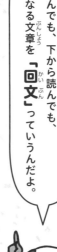

・霊《れい》とすごすトイレ
（れいとすごすといれ）

・たしか天《てん》狗《ぐ》が軍《ぐん》手《て》かした
（たしかてんぐがぐんてかした）

2時《じ》間《かん》目《め》

ブリュースの『魔法《まほう》の書《しょ》』

斎藤君子《さいとうきみこ》

むかし、モスクワのスーハレフ広場《ひろば》というところに大《おお》きな塔《とう》が立《た》っていた。この塔《とう》はスーハレフの塔《とう》といって、モスクワに住《す》んでいる人《ひと》はもちろんのこと、ロシアじゅうの人《ひと》たちに親《した》しまれていた。モスクワの町《まち》を一度《ど》も見《み》たことのない人《ひと》でさえ、この塔《とう》のことはしっていた。ロシア人《じん》ならだれでもしっていた。

「一生《いっしょう》に一度《ど》でいい。塔《とう》の中《なか》に入《はい》ることはできなくても、せめて近《ちか》くま

で行《い》って、スーハレフの塔《とう》をじっくりながめてみたいものだ！」

当時《とうじ》の人《ひと》たちはみなそう思《おも》っていた。

塔《とう》の二階《かい》には天文台《てんもんだい》があって、天文学者《てんもんがくしゃ》や数《すう》学者《がくしゃ》たちがむつかしい研究《けんきゅう》をしていた。学者《がくしゃ》たちの中《なか》でいちばん有名《ゆうめい》だったのは、ブリュースという天文学者《てんもんがくしゃ》だった。ブリュースはくる日《ひ》もくる日《ひ》もこの塔《とう》にこもって、天体《てんたい》の観測《かんそく》やらなにやら、むつかしい研究《けんきゅう》をしていた。

ところが、このブリュースというのがなかなかのくせもので、「表《おもて》の顔《かお》は天文学者《てんもんがくしゃ》ということになっているが、ほんとうは妖術師《ようじゅつし》なんだ」といううわさだった。塔《とう》の中《なか》にはたくさんの本《ほん》がずらりとならんでいて、ブリュースはそれらの本《ほん》をつかっては、ロシアの国《くに》が戦争《せんそう》で勝《か》つか負《ま》けるかといったことや、日照《ひで》りや洪水《こうずい》がいつおきるかといった国《くに》の一大事《いちだいじ》について、予言《よげん》した。

たくさんならんでいた本《ほん》の中《なか》で、ブリュースがいちばんたいせつにしていたのは『魔法《まほう》の書《しょ》』という本《ほん》だった。ずっしりと重《おも》いこの本《ほん》をひらけば、どんなむつかしいことでも、ブリュースにはすぐにその答《こた》えがわかったそ

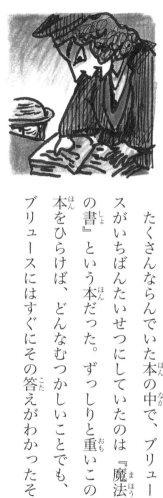

うだ。

それだけならいいが、夜《よる》になるとブリュースは塔《とう》の地下室《ちかしつ》にこもって本《ほん》を読《よ》んでは、さまざまな薬品《やくひん》をつかってふしぎなものを作《つく》っていた。

あるときなど、一本《ぽん》のきれいな花《はな》からわかい娘《むすめ》さんを作《つく》りだしたことがある。ブリュースはその娘《むすめ》さんに自分《じぶん》の身《み》のまわりの世話《せわ》をさせていたそうだ。

ほかの学者《がくしゃ》たちはその娘《むすめ》がブリュースのために部屋《へや》のそうじをしたり、コーヒーを入《い》れたりするのを見《み》て、

「朝《あさ》から晩《ばん》までよくはたらく娘《むすめ》だ！」

と感心《かんしん》していた。

「だが、口《くち》をきくことはできないらしい。あんなにきれいで、はたらきものなのになあ」

とざんねんがる人《ひと》もいた。

ブリュースが花《はな》から作《つく》った娘《むすめ》さんはいまのロボットとちがって、どうやらおしゃべりはできなかったらしい。

ブリュースについては、「気《き》に入《い》らない人間《にんげん》がいると、魔法《まほう》をかけて動物《どうぶつ》にしてしまう」というわさもあった。

なかには、こんなことをいう人《ひと》もいた。

「あいつはさっきまでピンピンしていた人《ひと》を、とつぜん重《おも》い病気《びょうき》にかからせて、ころしたことだってあるんだ!」

ある日《ひ》、ブリュースが魔法《まほう》をつかうといううわさが、とうとうロシア皇帝《こうてい》の耳《みみ》に入《はい》った。そんなぶっそうなうわさを聞《き》いては、皇帝《こうてい》がだまってほうっておくはずがない。皇帝《こうてい》はただちにブリュースがいるスーハレフの塔《とう》へ兵《へい》をさしむけ、

「ブリュースをひっぱってこい!」

と命令《めいれい》した。

ところが、兵士《へいし》たちが塔《とう》についたときには、すでにあとの祭《まつ》りだった。おそらくブリュースは『魔法《まほう》の書《しょ》』をひらいて、皇帝《こうてい》が兵《へい》をおくったこ

とをしったにちがいない。兵士《へいし》たちがスーハレフの塔《とう》についたときには、ブリュースはもうすがたをけしていたそうだ。地下室《ちかしつ》からひみつの通路《つうろ》をとおってにげたにちがいない。

塔《とう》の中《なか》にはブリュースの本《ほん》がたくさんのこされていたが、皇帝《こうてい》の命令《めいれい》で本《ほん》はすべて焼《や》きすてられた。しかし、あの『魔法《まほう》の書《しょ》』だけは、どこをさがしても見《み》つからなかったそうだ。兵《へい》がくることをしったブリュースが、『魔法《まほう》の書《しょ》』をがんじょうな鉄《てつ》の箱《はこ》に入《い》れて、地下通路《ちかつうろ》のどこかにかくしたにちがいないが、いまだに見《み》つかっていない。

そんなわけで、『魔《ま》法《ほう》の書《しょ》』はいまでもモスクワの地下《ちか》のどこかにねむっているはずだが、それがいったいどこなのか、だれにもわからない。

これまで何人《なんにん》もの人《ひと》が、モスクワの町《まち》をあちこちほりおこしてさがしたが、『魔《ま》法《ほう》の書《しょ》』を見《み》つけた人《ひと》はいないんだ。

黒《くろ》い森《もり》の『魔《ま》法《ほう》の本《ほん》』

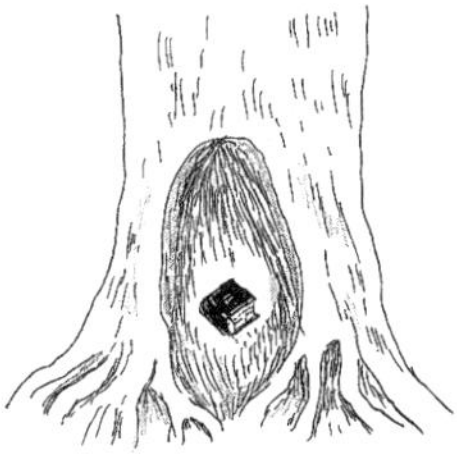

高津美保子《たかつみほこ》

ずっとむかし、ドイツの南西部《なんせいぶ》、シュヴァルツヴァルトでの話《はなし》だ。シュヴァルツヴァルトというのは黒《くろ》い森《もり》という意味《いみ》で、十以上《いじょう》もの山《やま》やまがつらなり、その名《な》のとおりの黒《くろ》い森《もり》が、どこまでもつづいているところだった。

その森《もり》の中《なか》のある村《むら》に、ルドルフという名前《なまえ》の木《き》こりが家族《かぞく》とくらしていた。

森《もり》で木《き》をきるのを仕事《しごと》としていたが、いくらはたらいてもなかなかくらしは楽《らく》にならなかった。

ある日《ひ》のこと、ルドルフは仕事《しごと》が一段落《いちだんらく》したころ、きゅうな雨《あめ》にあった。

あわてて雨宿《あまやど》りできそうな木《き》のうろをさがして、そこにもぐりこんだ。つかれていたのもあって、うとうとするうち、すっかりねこんでしまった。そして目《め》をさましたころには、雨《あめ》はもうあがっていた。

日《ひ》もくれてきたし、そろそろ家《いえ》に帰《かえ》ろうと、立《た》ちあがったとき、ルドルフはうろの中《なか》に黒《くろ》くて、ぶあつい小《ちい》さな本《ほん》があるのを見《み》つけた。そこ

でその本《ほん》を家《いえ》にもってかえった。

その晩《ばん》、夕食《ゆうしょく》をすませると、ルドルフはさっそく、森《もり》からもちかえった本《ほん》を読《よ》みはじめた。

その本《ほん》を読《よ》みだすと、なぜか体《からだ》がほてり、血《ち》が全身《ぜんしん》をかけめぐるようで、目《め》はらんらん、頭《あたま》もさえてきた。

ルドルフは夜《よ》がふけるのもわすれて、ぼろぼろの本《ほん》を読《よ》んだ。

それからというもの、ルドルフは仕事《しごと》に

も行《い》かずに家《いえ》にとじこもって、くる日《ひ》もくる日《ひ》もねる時間《じかん》をおしんで、朝《あさ》から晩《ばん》まで本《ほん》を読《よ》みふけった。

そうこうするうち、ルドルフの家《いえ》はしらずしらずのうちに金《かね》まわりがよくなってきた。

けれど、おかみさんは、誠実《せいじつ》で気持《きも》ちのやさしかった夫《おっと》が、だんだん人《ひと》がかわったようになってきたのが気《き》になっていた。

「あの人《ひと》は、いったい毎日《まいにち》なにをしているのかしら。そういえば、このごろ、はたらきにも行《い》かないのに、金《かね》まわりがいいのもへんだわ」

ちょうどそのころ、おかみさんは、近所《きんじょ》の人《ひと》たちとおしゃべりしていて、ちょっと気《き》になるうわさ話《ばなし》を聞《き》いた。

「となり村《むら》の猟師《りょうし》のヨアヒムは、このごろ金持《かねも》ちになったと思《おも》ったら、森《もり》で見《み》つけた『魔法《まほう》の本《ほん》』っていう本《ほん》を読《よ》んだからだっていうよ」

「なんでも、森《もり》の大《おお》きな木《き》のうろに、その『魔法《まほう》の本《ほん》』はあるらしいの」

「森《もり》から借《か》りた『魔法《まほう》の本《ほん》』をちょっと読《よ》んだだけで、空中《くうちゅう》にほうり投《な》げられたんだけど、『神様《かみさま》、助《たす》けてください』っていったら、助《たす》かったっていう人《ひと》もいるわ」

「でも、それって悪魔《あくま》の本《ほん》よね。そんな読《よ》むだけで金持《かねも》ちになったり、空《そら》をとんだりするなんて、ぜったいにおかしいわ」

おかみさんは、夫《おっと》はうわさの悪魔《あくま》の本《ほん》を読《よ》んでいるにちがいないと確《かく》信《しん》して、大《おお》いそぎで家《いえ》に帰《かえ》った。

そして、夫《おっと》のルドルフがなにやらむちゅうで本《ほん》を読《よ》んでいるのをつきとめ、ねているすきに、部屋《へや》をあちこちさがしまわって、かくしている本《ほん》を見《み》つけだした。

「『魔法《まほう》の本《ほん》』、これだわ！　近所《きんじょ》のおくさんたちが話《はな》していた本《ほん》にちがいないわ」

そこで見《み》つけた本《ほん》を、さっそくあつく燃《も》えている暖炉《だんろ》にほうりこんだ。

そのとたん、

パチパチ　ガチャガチャ　ド　ドドーン！

パチパチ　ガチャガチャ　ド　ドドーン！

暖炉《だんろ》からけたたましい音《おと》がして、居間《いま》に火花《ひばな》をまきちらした。

そして、最後《さいご》に、
バリバリ　バリバリ　ド　ドカーン
ガラガラ　ガラガラー
という音《おと》とともに、『魔法《まほう》の本《ほん》』は、えんとつをつきぬけて出《で》ていった

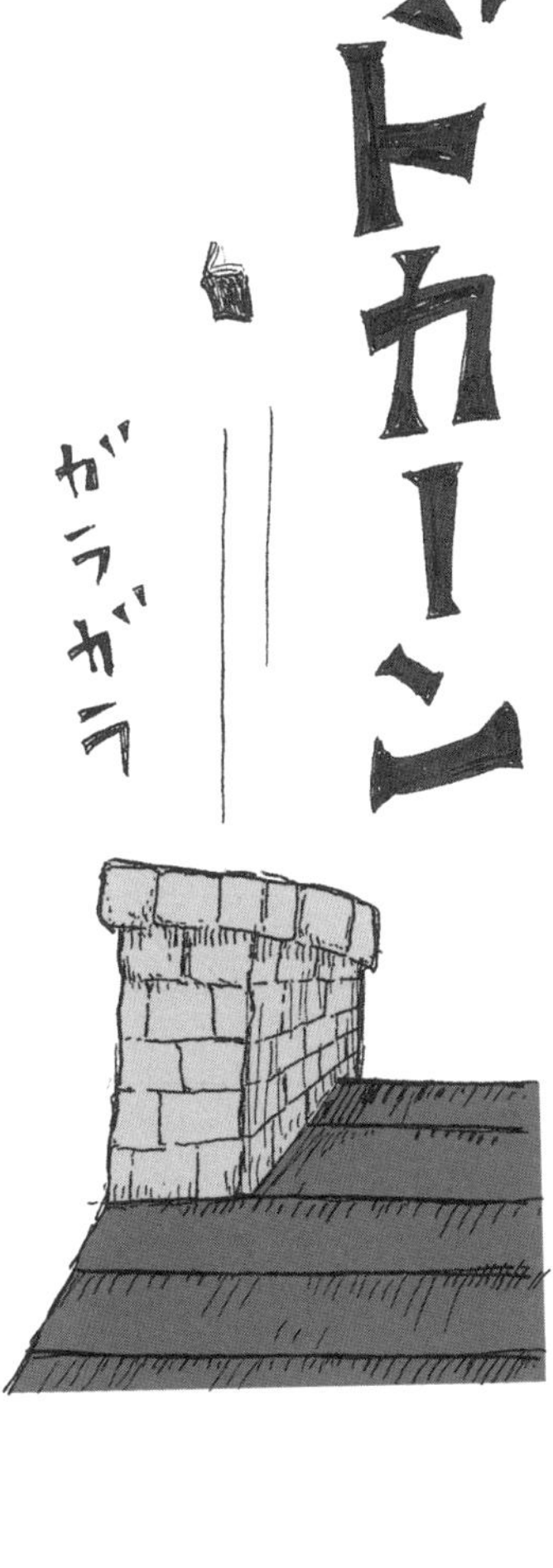

ようだ。

大《おお》きな音《おと》におどろいたおとなりの夫婦《ふうふ》が外《そと》に出《で》てみると、ルドルフの家《いえ》のえんとつから黒《くろ》いものがとびだし、森《もり》のしげみにとんでいったところだった。


居間《いま》にいた子《こ》どもたちやおかみさんは、命《いのち》はぶじだったものの、顔《かお》はすすけて、着《き》ていた服《ふく》は火花《ひばな》で焼《や》けこげてぼろぼろになっていた。

しかし、それからというもの、ルドルフは、もとのように気持《きも》ちのやさしい、はたらきものになった。

妖《よう》怪《かい》ことばあそび

判《はん》じ物《もの》 その1

「判《はん》じ物《もの》」は、絵《え》や文字《もじ》をつかってことばを表現《ひょうげん》する遊《あそ》びなの。つぎの判《はん》じ物《もの》がなにをあらわしているかわかるかしら？

ヒントは、Q1が魚《さかな》、Q2が虫《むし》、Q3が鳥《とり》だよ。

こたえは159ページ

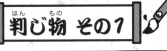

3時《じ》間《かん》目《め》

ページの進《すす》まない本《ほん》！？

ページが進《すす》む本《ほん》

北村規子《きたむらのりこ》

春《はる》のお彼岸《ひがん》には、両親《りょうしん》といなかのおばあちゃんの家《いえ》にとまるのが、真《ま》奈《な》のたいせつな行事《ぎょうじ》だった。いつもはひっそりとしたおばあちゃんの家《いえ》は、その日《ひ》ばかりは親《しん》せきがあつまり、にぎやかになる。しかし、いとこたちは大学生《だいがくせい》になったり社会人《しゃかいじん》になったりで、今年《ことし》のお彼岸《ひがん》にはこなかった。

「え〜。つまんな〜い」

子《こ》どものいない親《しん》せきのあつまりはたいくつだ。墓参《はかまい》りを終《お》えた大人《おとな》たちがおすしをつまみながらビールをのんで、子《こ》どものころの思《おも》い出話《でばなし》にもりあがる中《なか》、真奈《まな》はちょこんとすわってジュースをのんでいた。

「真奈《まな》ちゃん、いくつになったんだっけ」

「十二歳《さい》。今度中学生《こんどちゅうがくせい》になります」

「そうか。はやいもんだなあ」

おじさんはぐっとビールをのみこむと、

「さっちゃんが死《し》んだの、中学《ちゅうがく》一年《ねん》のときだよなあ」

とつぶやいた。

さっちゃんというのはお母《かあ》さんやおじさんの妹《いもうと》だ。墓参《はかまい》りのときは

かならず出《で》る名前《なまえ》だし、位牌《いはい》のおかれた部屋《へや》に似《に》つかわしくない少女《しょうじょ》の写真《しゃしん》がかざってあるので、さっちゃんの存在《そんざい》はしっていた。

「本《ほん》が好《す》きなやさしい子《こ》だったのにねえ」

おばあちゃんはつぶやくと、そっとなみだをぬぐった。

大人《おとな》たちがしんみりしている場《ば》をのがれるように、真奈《まな》はそっと立《た》ちあがった。

(さっちゃんは、わたしくらいの年《とし》に死《し》んだんだ)

そうは思《おも》ったものの、大人《おとな》たちが亡《な》くなった少女《しょうじょ》にかさねて自分《じぶん》を見《み》ているのはいやだった。

うろうろ、ろうかを歩《ある》き、おくまった部屋《へや》のしょうじをあけると、古《ふる》い大《おお》きな本棚《ほんだな》のおかれた部屋《へや》があった。本棚《ほんだな》をながめてみると、小学校《しょうがっこう》の図書室《としょしつ》で見《み》かける本《ほん》が何《なん》さつもあった。真奈《まな》はその中《なか》の一さつに目《め》をとめた。まるでなにかにあやつられるように手《て》をのばし、そのまま読《よ》みはじめた。その瞬間《しゅんかん》から真奈《まな》は物語《ものがたり》のとりこになった。

赤《あか》い髪《かみ》をした、孤児《こじ》の少女《しょうじょ》の物語《ものがたり》だ。主人公《しゅじんこう》といっしょに泣《な》き、怒《いか》り、笑《わら》い、読《よ》みつづけた。真奈《まな》の手《て》はつぎつぎページをめくり、目《め》がおいつくのがやっとだった。気《き》がつけばまっくら、お母《かあ》さんのよぶ声《こえ》にようやく、真奈《まな》はページをひらいたまま、腰《こし》をあげた。

「真奈《まな》、どこに行《い》っていたの」

「大《おお》きな本棚《ほんだな》のある部屋《へや》」

いっしゅんだまったお母《かあ》さんは「ああ」とうなずいた。

「さっちゃんの本棚《ほんだな》ね。さっちゃん本《ほん》が好《す》きだったから」

「ふーん」

「さ、夕飯《ゆうはん》食《た》べておふろ入《はい》って」

「はーい」

おふろから出《で》た真奈《まな》はさっそく本棚《ほんだな》のある部屋《へや》に直行《ちょっこう》した。その部屋《へや》でねることはおばあちゃんの了解《りょうかい》ずみで、もうふとんがしいてあった。

本《ほん》をとりあげた真奈《まな》は首《くび》をひねった。ページがかなり進《すす》んでいるのだ。

「ええ〜。どこまで読《よ》んだかわかんなくなっちゃった」

ブツブツ文句《もんく》をいいながら、ページをもどした。読《よ》みはじめると、たちまち本《ほん》の世界《せかい》にとらえられた。

夜中《よなか》、ついに読《よ》みおえた。気《き》がついたらなみだがこぼれていた。悲《かな》しくないのに。こんなにむちゅうになるなんて、自分《じぶん》じゃないみたいだっ

た。本《ほん》をとじ、ふとんに入《はい》った真奈《まな》はすぐねむってしまった。
真奈《まな》とおなじくらいの年《とし》の子《こ》が本《ほん》を読《よ》んでいる夢《ゆめ》を見《み》た。ねまきの女《おんな》の子《こ》だった。うつむいて顔《かお》はよくわからなかったけど、幸福《こうふく》そうにキラキラかがやいて見《み》えた。

「きのうはおそくまで本読《ほんよ》んでいたみたいね。なんの本読《ほんよ》んでいたの？」
朝食《ちょうしょく》の席《せき》であくびをしている真奈《まな》にお母《かあ》さ

んが声《こえ》をかけた。書名《しょめい》をいうと、おばあちゃんが顔《かお》をあげた。

「その本《ほん》、さっちゃんが最後《さいご》読《よ》みかけていた本《ほん》だよ」

「じゃあ、さっちゃん、真奈《まな》といっしょに本《ほん》読《よ》んでいたのかもしれないねえ」

「さっちゃん、ほんとうに本好《ほんず》きだったからなあ」

おじさんやお母《かあ》さんがかってなことをいう中《なか》、真奈《まな》はあやつられたようにページをめくっていた昨夜《さくや》の自分《じぶん》を思《おも》いだして、ちょっとこわくなった。でも、本《ほん》を読《よ》んで泣《な》いたり笑《わら》ったりしたのは真奈自身《まなじしん》だ。その証拠《しょうこ》に、真奈《まな》は前《まえ》よりちょっと本《ほん》が好《す》きになった。

書《か》けない

大島清昭《おおしまきよあき》

編集者《へんしゅうしゃ》の城田《しろた》は、ホラー作家《さっか》の赤沼《あかぬま》の担当《たんとう》をしている。

その日《ひ》は出版社《しゅっぱんしゃ》の近《ちか》くにあるカフェで、打《う》ち合《あ》わせだった。

赤沼《あかぬま》は血《ち》みどろのおそろしいホラー小説《しょうせつ》を書《か》くことでしられているが、本人《ほんにん》はいたっておだやかなふんいきだ。

城田《しろた》はさっそく次回作《じかいさく》の依頼《いらい》について話《はな》しだした。

「メールでもおつたえしましたが、『ホラー作家《さっか》の書《か》く怪談《かいだん》』って本《ほん》の企画《きかく》がきまりまして、赤沼《あかぬま》さんにもぜひおねがいしたいのです。それもなるべくなら、実話怪談《じつわかいだん》がよいのですが」

「実話怪談《じつわかいだん》ですか……。ということは、あるていどは取材《しゅざい》が必要《ひつよう》ですね。まあ、心当《こころあ》たりはありますから、しりあいに話《はなし》を聞《き》きにいきますよ」

「赤沼《あかぬま》さんご自身《じしん》は、これまでにふしぎな体験《たいけん》をなさったことはありませんか？」

「ありますよ。でも……」

そこで赤沼《あかぬま》の表情《ひょうじょう》がくもる。そして、

「それはぜったいに書《か》けないんです」

といった。

「書《か》けない？」
「その話《はなし》を書《か》こうとすると、パソコンがかってにね、文字《もじ》を打《う》ちはじめるんですよ。ああああ……とか、がががが……みたいな感《かん》じで。あとはソフトが強制終了《きょうせいしゅうりょう》されちゃったり、パソコンがフリーズしてうごかなくなっちゃったりして、けっきょく、書《か》けないんです」
「マジですか？」
城田《しろた》は半信半疑《はんしんはんぎ》だったが、赤沼《あかぬま》はしんけんな顔《かお》でうなずいた。

「ええ。手書《てが》きで書《か》いてみようとも思《おも》ったのですが、書《か》きはじめたら頭《あたま》がいたくなってしまって……」

城田《しろた》はその怪談《かいだん》に興味《きょうみ》をもった。

書《か》こうとするとふしぎなことがおこる怪談《かいだん》なんて、それだけでおもしろそうだ。それに、どんな内容《ないよう》の怪談《かいだん》なのかしりたい気持《きも》ちもある。

「ぜひ、その『書《か》けない怪談《かいだん》』を書《か》いてみてください」

「う〜ん。むりだと思《おも》うんですけどねぇ……。まあ、ええ、トライしてみましょうか」

赤沼《あかぬま》はどう見《み》てものり気《き》ではなかった。ぼんやりとテーブルの上《うえ》のコーヒーを見《み》つめて、なにかを考《かんが》えているようだった。

仕事《しごと》が終《お》わって、城田《しろた》は帰《かえ》りの電車《でんしゃ》にのっていた。

車内《しゃない》はわりとこんでいる。城田《しろた》はつり革《かわ》につかまってスマホでゲームをしていた。

すると、なんの前《まえ》ぶれもなく、きゅうに頭《ず》痛《つう》におそわれた。

頭《あたま》の中《なか》を針《はり》でつきさすようなするどい痛《いた》みだ。

（なんだ、これ？）

ふと強《つよ》い視線《しせん》が自分《じぶん》にそそがれているのに気《き》がついた。
乗客《じょうきゃく》と乗客《じょうきゃく》のあいだから、青《あお》いワンピースを着《き》た少女《しょうじょ》が、じぃっとこちらをにらんでいる。
長《なが》い黒髪《くろかみ》で、すらりと背《せ》の高《たか》い、大人《おとな》びた顔《かお》をした少女《しょうじょ》だった。
少女《しょうじょ》を見《み》たしゅんかん、髪《かみ》の毛《け》がぞわっと逆《さか》だつような感覚《かんかく》がして、頭痛《ずつう》がはげしくなる。

がたんと電車《でんしゃ》がゆれて、目《め》をはなしたすきに、少女《しょうじょ》のすがたは見《み》えなくなった。

(あれ?)

乗客《じょうきゃく》の中《なか》にまぎれてしまったのだろうか? いや、あんなわずかなあいだに、こみあった車内《しゃない》で移動《いどう》するなんて、できるわけがない。きえたのだ。

城田《しろた》はにげるように、つぎの駅《えき》で電車《でんしゃ》をおりると、赤沼《あかぬま》に電話《でんわ》をかけた。

「はい。赤沼《あかぬま》です」

「城田《しろた》です。あの、ちょっとうかがいたいのですが？」

「はい？」

「さっきの『書《か》けない怪談《かいだん》』って、青《あお》いワンピースを着《き》た子《こ》が関係《かんけい》していますか？」

「ええ」

赤沼《あかぬま》の声《こえ》はあいかわらずおだやかだった。そのおちついたようすと、こちらになにも質問《しつもん》してこないことが、城田《しろた》の背《せ》すじをつめたくした。もしかすると、赤沼《あかぬま》はこうなることをうすうす予想《よそう》していたのではないだろうか。

「あの……『書《か》けない怪談《かいだん》』は、書《か》かなくてけっこうです」

「わかりました。それじゃ、なにかべつの話《はなし》を取材《しゅざい》してみますね」
赤沼《あかぬま》は、ほっとしたようにそういった。
電話《でんわ》をきると、むかいのホームに、さっきの青《あお》いワンピースの少女《しょうじょ》が立《た》っていた。
あざ笑《わら》うような顔《かお》で、こちらを見《み》ている。
特急電車《とっきゅうでんしゃ》が駅《えき》をとおりすぎた。
電車《でんしゃ》が走《はし》りさったあとのむかいのホームには、少女《しょうじょ》のすがたはない。
いつのまにか、頭痛《ずつう》はなおっていた。

休《やす》み時間《じかん》

妖怪《ようかい》ことばあそび

さあ、みんなで
いろんなへのへのもへじを
書《か》いてみよう！

・へのへのもへじの書《か》き方《かた》

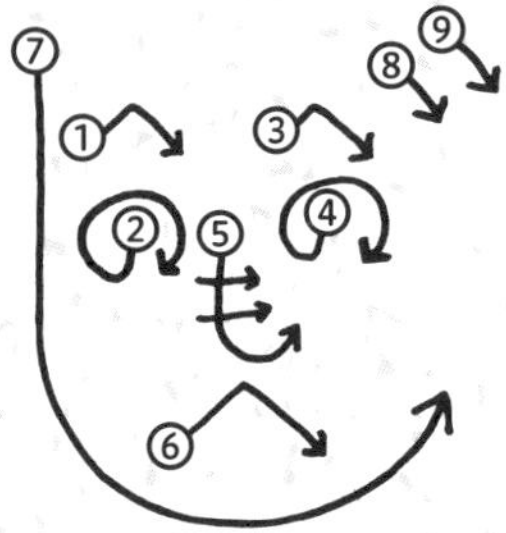

・ヘマムショ入道《にゅうどう》の書《か》き方《かた》

これもへのへのもへじの仲間よ。
こんどはヘマムショ入道《にゅうどう》にトライ!

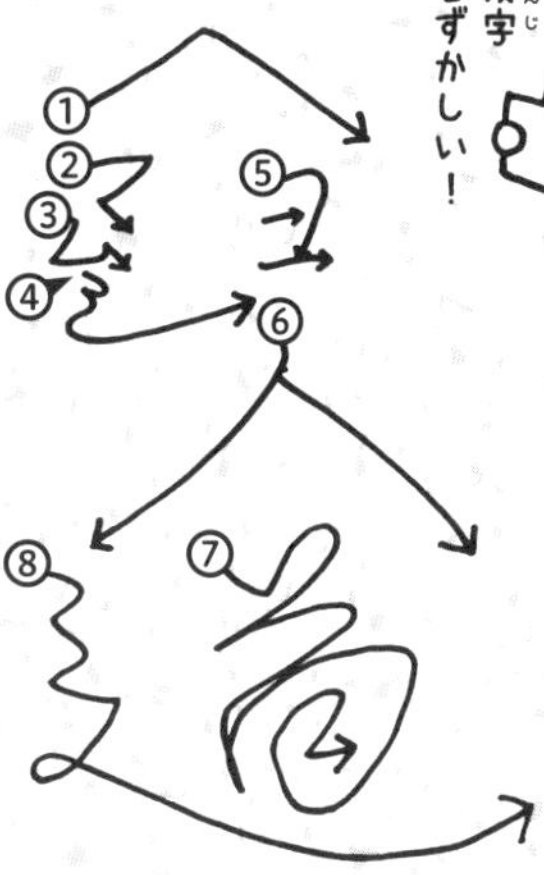

・山《さん》水《すい》天《てん》狗《ぐ》の書《か》き方《かた》

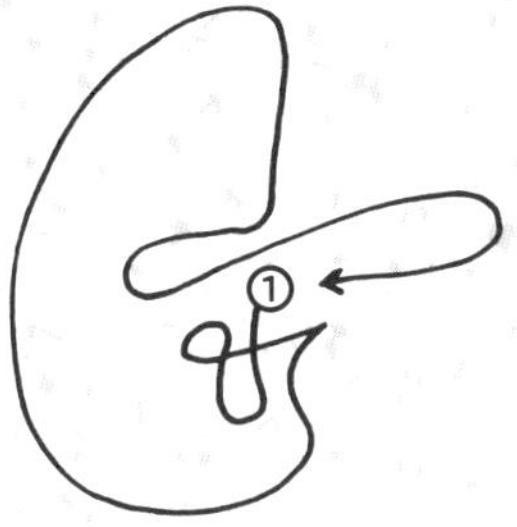

ぼくの友《とも》だち
山水天狗《さんすいてんぐ》を書《か》いてみよう!
筆《ふで》をつかうと　きれいに書《か》けるよ。

4時《じ》間《かん》目《め》

しらない人《ひと》からとどいた手紙《てがみ》……
あける？　それともあけない？

ぜったい当《あ》たる性格診断《せいかくしんだん》

石崎洋司《いしざきひろし》

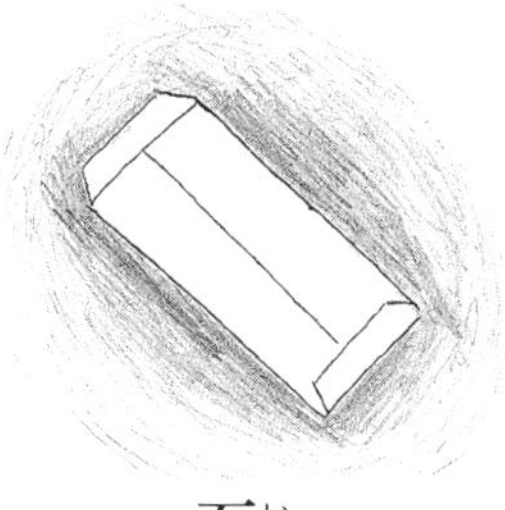

「とにかく、すごいんだよ！」
お昼休《ひるやす》み、教室《きょうしつ》で、愛美《えみ》が目《め》をかがやかせて話《はな》しているのは、きのう、あけぼのの公園《こうえん》にあらわれたとかいう超能力者《ちょうのうりょくしゃ》のこと。
「紙《かみ》に、自分《じぶん》の名前《なまえ》と、手《て》の形《かたち》をなぞって書《か》いてわたすとね、一時間《じかん》後《ご》、その人《ひと》の性格《せいかく》や心《こころ》のなやみを書《か》いた手紙《てがみ》をくれるの。それが、こわいくらいバッチリ当《あ》たってるうえに、あとで相談《そうだん》にのってくれるのよ」

愛美《えみ》は、むかしからの親友《しんゆう》。でも、ひとつだけ、ついていけないのが、占《うらな》いとか性格診断《せいかくしんだん》テストが、異常《いじょう》に好《す》きなところで。

「それ、だまされてない？　あとでお金《かね》をとられるんだよ、きっと」

「そんなことないよ。手紙《てがみ》に、すべて無料《むりょう》って、書《か》いてあるもの」

「へえ。どんなの？　見《み》せて？」

「だめだよ。あたしの心《こころ》の中《なか》のことがぜんぶ書《か》いてあるんだもの。それに、『ぜったいに他人《たにん》に見《み》せてはいけません』って書《か》いてあるし」

なんか、ますますうそくさい……。

「紗織《さおり》もやってみなよ。人《ひと》にいえないなやみ、あるんじゃない？」

「いいよ。朝《あさ》のテレビの星占《ほしうらな》いとか、今日《きょう》の運勢《うんせい》とか見《み》たこともないのに、自分《じぶん》から占《うらな》い師《し》のところに行《い》く気《き》なんてしないよ」

「じゃ、いま名前《なまえ》と手形《てがた》を書《か》いて。あたしがもってってあげるから」

しょうがない。今回《こんかい》は、いうとおりにしてあげようかな……。

夕方《ゆうがた》、塾《じゅく》から帰《かえ》ると、家《いえ》のポストに、あて名《な》のない白《しろ》いふうとうがひとつ、入《はい》っていた。約束《やくそく》どおり、愛美《えみ》が入《い》れてくれたらしい。

山田紗織様《やまださおりさま》

あなたは、友《とも》だちをたいせつにする人《ひと》です。相手《あいて》のためなら、いいと思《おも》うことはきちんとアドバイスもすれば、対立《たいりつ》をさけるために、相手《あいて》のいうことに、したがうこともあります。

勉強《べんきょう》にも、まじめにとりくもうという気持《きも》ちもあります。自分《じぶん》なりの夢《ゆめ》ももっていて、それにむかってがんばろうともしています。

でも、一度《いちど》として、最後《さいご》までやりとげることができません。達成《たっせい》できるのは、目標《もくひょう》の半分《はんぶん》、よくて七十パーセントぐらいです。

そして、他人《たにん》をうらやんだり、自分《じぶん》の弱《よわ》さにいらだちます。

こんな自分《じぶん》をなんとかしたいと思《おも》うなら、あすの土曜《どよう》、午後《ごご》四時《じ》、あけぼの公園《こうえん》においでください。あなたの魂《たましい》を入《い》れかえてあげます。もちろん無料《むりょう》です。ただし、この手紙《てがみ》はだれにも見《み》せないこと。


背《せ》すじがぞっとした。

当《あ》たってる……。それも、ひとつやふたつじゃない。ぜんぶ……。

だれにもいっていないけれど、あたしの夢《ゆめ》は小説家《しょうせつか》になること。それで、いままで、ノートにたくさんのお話《はなし》を書《か》いてきた。

でも、ひとつとして、完成《かんせい》したことがない。

そして、ものすごく自分《じぶん》がダメな人《ひと》に思《おも》えて、チョコを気持《きも》ち悪《わる》くなるぐらい食《た》べながら、マンガをかたっぱしから読《よ》みふける……。

そう、ここに書《か》いてあるのは、あたし、そのもの……。

愛美《えみ》のいうとおり、この人《ひと》、超能力者《ちょうのうりょくしゃ》かも。だとしたら、あたしの心《こころ》を、ほんとに入《い》れかえてくれるかもしれない。無料《むりょう》で……。


つぎの日《ひ》の午後《ごご》四時《じ》。

あけぼの公園《こうえん》に行《い》ってみると、女《おんな》の子《こ》たちの長《なが》い列《れつ》ができていた。そして、その先頭《せんとう》には、愛美《えみ》のすがたが。

そのとき、地面《じめん》にふうとうがおちているのに気《き》がついた。あて名《な》のない白《しろ》いふうとうは、まぎれもなく、あの手紙《てがみ》が入《はい》っていたのとおなじもの。

　だれのだろう？　そう思《おも》って、ふうとうをひろいあげたとたん、便《びん》せんがぽろりとおちた。と、風《かぜ》にあおられた便《びん》せんが、はらりとひらいて……。

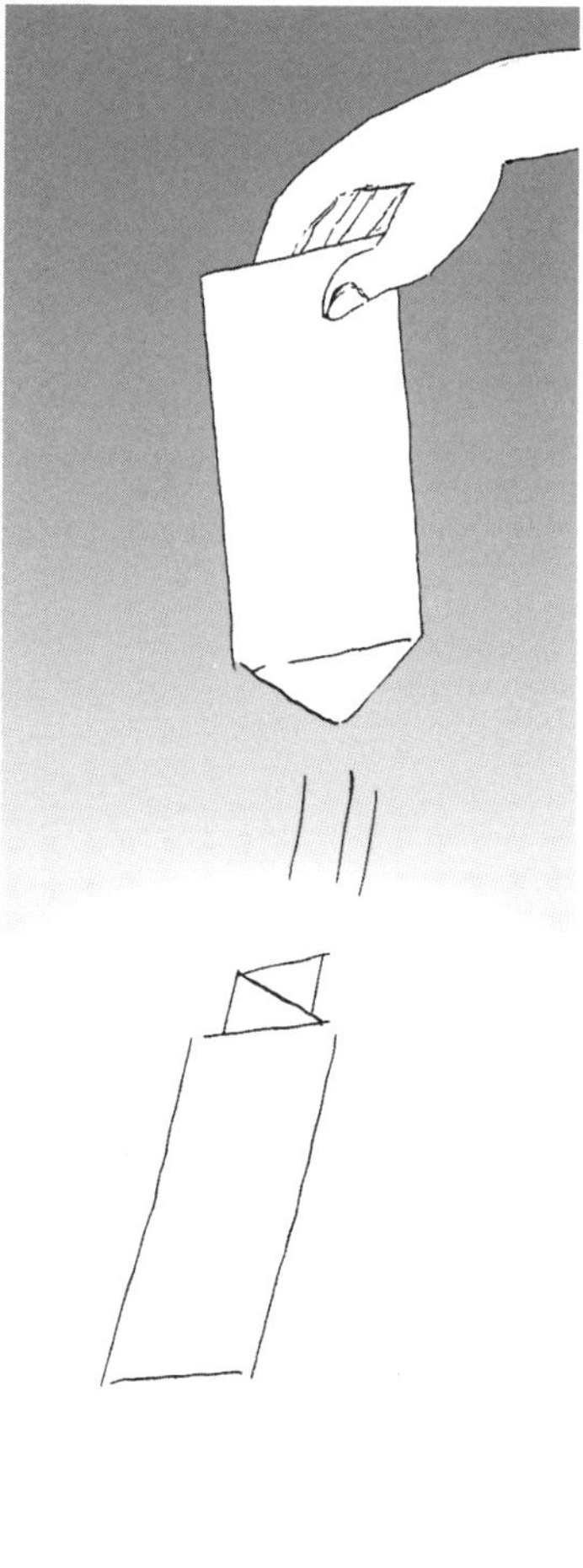

沢田愛美様《さわだえみさま》
あなたは、友《とも》だちをたいせつにする人《ひと》です。相手《あいて》のためなら、いいと思《おも》うことはきちんとアドバイスもすれば、対立《たいりつ》をさけるために、相手《あいて》のいうことに、したがうこともあります。

これ、愛美《えみ》の……。でも、中身《なかみ》は、あたしのとまったくおなじ……。
いったい、どういうこと？
そのしゅんかん、あたしは、ふと思《おも》いついた。
この手紙《てがみ》って、だれにも当《あ》てはまるってことなんじゃない？

だれだって、友《とも》だちにアドバイスもすれば、けんかにならないようにひきさがることもある。

だれだって、勉強《べんきょう》はできるようになりたいし、将来《しょうらい》の夢《ゆめ》もある。だけど、たいてい思《おも》いどおりにはならない……。

そうか！　やっぱりこれ、あたしたちをだまそうとしてるんだよ！　心《こころ》の中《なか》をいいあてられる超能力者《ちょうのうりょくしゃ》と思《おも》わせて、あたしたちを、ここにおびきよせたんだ。

でも、なんのために？　無料《むりょう》だからお金《かね》じゃない。だとしたら……。

『あなたの魂《たましい》を入《い》れかえてあげます』

手紙《てがみ》の最後《さいご》にそう書《か》いてあった。

心《こころ》を入《い》れかえるんじゃなくて、『魂《たましい》』を入《い》れかえる。

それって、まさか……、悪魔《あくま》に魂《たましい》をぬかれるっていうやつじゃ……。

「それでは、最初《さいしょ》の方《かた》、お入《はい》りください」

遠《とお》くで、声《こえ》がした。低《ひく》くて、しわがれた、おそろしい声《こえ》。

「愛美《えみ》！　待《ま》って！　行《い》っちゃだめ！」

あたしは、大声《おおごえ》でさけびながら、列《れつ》の先頭《せんとう》にむかって走《はし》った。

当《あ》たりくじ

杉本栄子《すぎもとえいこ》

むかし、ドイツのベルリンに、子《こ》だくさんのまずしいくつ職人《しょくにん》がいた。朝《あさ》はやくから夜《よる》おそくまで、仕事台《しごとだい》の前《まえ》にすわって、ひっしにはたらいたが、くらしはすこしもよくならない。

「ああ、これから子《こ》どもたちが大《おお》きくなるというのに、このままでは食《た》べ物《もの》を買《か》う金《かね》もたりない。これ以上《いじょう》、はたらくのはむりってもんだ」

くつ屋《や》は毎日《まいにち》、仕事《しごと》におわれながら、どうしたら金持《かねも》ちになれるだろ

うか、それだけを考《かんが》えていた。
ある晩《ばん》、夢《ゆめ》を見《み》た。一まいの紙《かみ》きれを手《て》にした自分《じぶん》のすがた、つぎのしゅんかんその紙《かみ》が大金《たいきん》に、そして大《おお》きな家《いえ》にかわった。
「おかしな夢《ゆめ》だったな。金《かね》のことばかり考《かんが》えているから、こんな夢《ゆめ》を見《み》るのか。夢《ゆめ》じゃ、腹《はら》のたしにもなりゃしない」
ところが、つぎの日《ひ》もまたおなじ夢《ゆめ》を見《み》た。今度《こんど》は紙《かみ》に数字《すうじ》のようなものが書《か》かれているのが見《み》えた。そのつぎの日《ひ》もまたおなじ夢《ゆめ》を見《み》た。三回目《かいめ》の晩《ばん》は、紙《かみ》の上《うえ》の数字《すうじ》が四《よっ》つならんでいるのがはっきり見《み》えた。

「そうか、これは宝《たから》くじにちがいない！」

くつ屋《や》はそう思《おも》うと、翌朝《よくあさ》妻《つま》にいった。

「これから金《かね》をためて宝《たから》くじを買《か》う！」

「食《た》べるものを買《か》う金《かね》もたりないというのに、当《あ》たりもしない宝《たから》くじを買《か》うですって」

おかみさんは、とつぜんわけのわからないことをいう夫《おっと》に反対《はんたい》したが、くつ屋《や》は宝《たから》くじを買《か》うために、こつこつと小銭《こぜに》をためた。そして、ようやく宝《たから》くじが買《か》える金《かね》がたまると、町《まち》の売店《ばいてん》に行《い》き、一まいだけ買《か》った。

「3560番《ばん》。え？　夢《ゆめ》で見《み》た番号《ばんごう》とおなじだ！」

くつ屋《や》は宝《たから》くじを胸《むね》にしっかりとだいて、家《いえ》に帰《かえ》ると、妻《つま》にこういった。

「これはただの宝《たから》くじではない。わが家《や》の夢《ゆめ》だ。おまえのタンスにしまっておいてくれ」

妻《つま》は宝《たから》くじをうけとると、「おめでたい人《ひと》だね」と首《くび》をふりながら、その紙《かみ》をタンスの一番《いちばん》上《うえ》の引《ひ》き出《だ》しに入《い》れた。それから、くつ屋《や》は仕《し》事《ごと》も手《て》につかず、抽選《ちゅうせん》の日《ひ》を待《ま》った。

その日《ひ》がくると、自分《じぶん》の番号《ばんごう》が読《よ》みあげられる場面《ばめん》に立《た》ちあおうと、抽選《ちゅうせん》がおこなわれる市庁舎《しちょうしゃ》に出《で》かけていった。ホールの中《なか》はたくさんの人《ひと》でこみあっていた。

つぎつぎと当選番号《とうせんばんごう》が読《よ》みあげられていく。くつ屋《や》は自分《じぶん》の番号《ばんごう》がなかなか読《よ》みあげられないので、ただの夢《ゆめ》だったのか、と思《おも》いはじめた。

そのとき、くつ屋《や》の耳《みみ》に「最後《さいご》の番号《ばんごう》は３５６０番《ばん》。一等賞《とうしょう》です」という声《こえ》が、はっきりと聞《き》こえた。

「やった！　おれの番号《ばんごう》だ！　まちがいない！　夢《ゆめ》のとおりだ！　宝《たから》くじは家《いえ》にある！　すぐにもってくるからな、待《ま》っててくれ！」

くつ屋《や》は大声《おおごえ》で一気《いっき》にそうさけぶと、家《いえ》にとんで帰《かえ》った。

「おい、宝《たから》くじを出《だ》せ。大当《おおあ》たりだぞ」

とさけびながら部屋《へや》にかけこんだが、妻《つま》は出《で》かけていて、いなかった。

くつ屋《や》はタンスにかけより、一番上《いちばんうえ》の引《ひ》き出《だ》しの中《なか》をさがした。

「ない？　ない！　いつもたいせつなものは一番上《いちばんうえ》の引《ひ》き出《だ》しに入《い》れるはずなのに、なぜだ！」

タンスの引《ひ》き出《だ》しを上《うえ》から下《した》までぜんぶ出《だ》してみたが、どこにもない。部屋中《へやじゅう》すみからすみまで、思《おも》いつくところはすべて、さがしまわったが、宝《たから》くじはどこにも見《み》あたらない。

さっきまでよろこびにかがやいていた顔《かお》は青《あお》くなり、体中《からだじゅう》の力《ちから》がぬけ

て、ゆかにへなへなとすわりこんでしまった。

「宝《たから》くじがきえた？　たしかに買《か》ったはずだが、それとも、ぜんぶ夢《ゆめ》なのか？　ああ、いったいどっちなんだ！」

そこに妻《つま》が帰《かえ》ってきて、いった。

「おやまあ、どうしたことだろう。ドアにおまえさんの宝《たから》くじがはってあるよ」

ドアを見《み》あげたくつ屋《や》は、すばやく立《た》ちあがると、宝《たから》くじをはがしにかかった。ところが、くつ作《づく》りにつかうのりでしっかりとはられていたので、うまくはがせない。

「だれのしわざだ！　なんとしてもこの証拠《しょうこ》を市庁舎《しちょうしゃ》にもっていかなければならない」

気持《きも》ちはあせるばかり。はがそうとすればするほど力《ちから》が入《はい》り、指先《ゆびさき》がふるえた。当《あ》たりくじがやぶれてしまいそうだ。

「ええい、しかたがない。夢《ゆめ》がこわれないうちに、ドアごともっていこう！」

くつ屋《や》は金具《かなぐ》をこわして、柱《はしら》からドアをはずした。そして、大《おお》きく息《いき》をすいこむと、宝《たから》くじがはりついた重《おも》いドアを肩《かた》にかついで、市庁舎《しちょうしゃ》にむかった。おかしなすがたで宝《たから》くじをさしだすことになったが、当《あ》たり

くじの持《も》ち主《ぬし》とみとめられて、ぶじに賞金《しょうきん》をうけとることができた。くつ屋《や》は賞金《しょうきん》で大《おお》きな家《いえ》をたてた。そして、げんかんのドアに、宝《たから》くじがはられたとびらをせおう、いさましい男《おとこ》のすがたをほらせた。ベルリンのヴォール通《どお》り二十五番地《ばんち》に行《い》けば、いまでも夢《ゆめ》が現実《げんじつ》となった証拠《しょうこ》のドアがあるかもしれない。

妖怪《ようかい》博士《はかせ》 うしみつトオル博士《はかせ》の妖怪学講座《ようかいがくこうざ》

第《だい》4回《かい》「現代《げんだい》の妖怪《ようかい》」

フォッフォッフォッ……。

妖怪《ようかい》はむかしの存在《そんざい》……大人《おとな》の中《なか》にはそんなことをいう人《ひと》たちもいるが、それはごかいじゃ。

現代《げんだい》でも座敷《ざしき》わらしや河童《かっぱ》、ツチノコを見《み》たという人《ひと》はいる。

現代《げんだい》ならではの妖怪《ようかい》としては、トイレの花子《はなこ》さん、口《くち》さけ女《おんな》、人面犬《じんめんけん》、テケテケなどがいるな。

インターネットでは、くねくねや八尺様《はっしゃくさま》という
新《あたら》しい妖怪《ようかい》たちがかつやくしている。
それに日本《にほん》の妖怪《ようかい》たちは、現在《げんざい》、海外《かいがい》でも注目《ちゅうもく》されているのだ。
実際《じっさい》に日本《にほん》の妖怪《ようかい》を専門《せんもん》とする外国人《がいこくじん》の研究者《けんきゅうしゃ》もいる。
しかし、英語《えいご》には日本語《にほんご》の「妖怪《ようかい》」のように
ふしぎなモノ/ゴトぜんぶをあらわすような
とくべつな意味《いみ》をもった言葉《ことば》はない。
そこで現在《げんざい》、妖怪《ようかい》は英語《えいご》でもYOKAIと
よぶようになってきている。

給《きゅう》食《しょく》

河童《かっぱ》の手紙《てがみ》

常光《つねみつ》　徹《とおる》

むかし。ある村《むら》に、はたらきもののわかものがいた。毎朝《まいあさ》、東《ひがし》の沼《ぬま》のほとりに行《い》って、草《くさ》をかり木《き》をきってくらしておった。
ある日《ひ》のこと、草《くさ》かりをしていると、目《め》の前《まえ》にうつくしい娘《むすめ》があらわれた。わかものは、たまげたのなんの。目《め》をまるくしていると、娘《むすめ》は、
「すまないが、わたしの、たのみを聞《き》いてもらえないか」
といった。

「おらにできることなら、やりますが」

「この手紙《てがみ》を、西《にし》の沼《ぬま》にすむ姉《あね》のもとまでとどけてほしいのです」

「それなら、たやすいこと」

わかものがうなずくと、娘《むすめ》は、なにも書《か》いてない白《しろ》い紙《かみ》を一まいわたした。そして、西《にし》の沼《ぬま》についたら、パンパンパンと三回手《かいて》を打《う》ってくれ、そうすれば、姉《あね》が出《で》てくるので、これをわたしてほしい、といった。わかものは、

（おかしな手紙《てがみ》もあるものよ）

と、首《くび》をかしげたが、草《くさ》かりを終《お》えると、すぐに西《にし》の沼《ぬま》にむかった。
ところが、とちゅうで小川《おがわ》をわたるとき、流《なが》れに足《あし》をとられてザブン
ところんだ。
(しまった、手紙《てがみ》がぬれたぞ)
わかものは、小川《おがわ》からあがると、水《みず》にぬれた手紙《てがみ》をかわかそうと、岩《いわ》
の上《うえ》にのせた。見《み》ると、白《しろ》い紙《かみ》になにやら字《じ》がうかびでている。
(これは、ふしぎな。字《じ》が出《で》てきたぞ)
まじまじと見《み》つめたが、なにが書《か》いてあるのか、さっぱりわからない。
ちょうどそこに、村《むら》の和尚《おしょう》さんがとおりかかった。わかものは、わけを
話《はな》して、読《よ》んでくれとたのんだ。

「どれどれ、これかな」

和尚《おしょう》さんは、ぬれた紙《かみ》を手《て》にとると、声《こえ》をあげて読《よ》んだ。

西《にし》の沼《ぬま》の姉《あね》さまへ
この男《おとこ》は、沼《ぬま》のまわりの草《くさ》や木《き》をかたっぱしからきる、こまりもの。どうぞ、男《おとこ》の尻《しり》こ玉《だま》をぬいて、めしあがってください。
東《ひがし》の沼《ぬま》の妹《いもうと》より

「こりゃ、河童《かっぱ》の手紙《てがみ》ぞ」

和尚《おしょう》さんは、はきすてるようにいった。

「おらの尻《しり》こ玉《だま》をめしあがれだと！　とんでもねぇ」

わかものは、手紙《てがみ》をにらみつけてどなった。そのうち、紙《かみ》がかわきはじめると、書《か》いてあった字《じ》がだんだんうすれてきえてしまった。

すると、和尚《おしょう》さんは、その紙《かみ》の上《うえ》に、筆《ふで》でなにやらすらすらと書《か》きだした。ところが、きみょうなことに、書《か》くはしから字《じ》がうすれてきえていく。

書《か》きおわると、白《しろ》い紙《かみ》をわかものにわたした。

「この手紙《てがみ》をもっていくがよい。なにも心配《しんぱい》はいらん」

それをうけとると、わかものは西《にし》の沼《ぬま》へといそいだ。

沼《ぬま》のほとりに立《た》って、パンパンパンと手《て》を打《う》つと、中《なか》から姉《あね》さまがあられた。

「東《ひがし》の沼《ぬま》の妹《いもうと》さんから、手紙《てがみ》をあずかってきもうした」

「それは、ごくろうさまでした」

姉《あね》さまは頭《あたま》をさげると、すぐに手紙《てがみ》を水《みず》にうかべた。すると、字《じ》がうきでた。

> 西《にし》の沼《ぬま》の姉《あね》さまへ
> この男《おとこ》は、沼《ぬま》のまわりのじゃまな草《くさ》や木《き》をきってくれる、はたらきもの。姉《あね》さまからも、なにかお礼《れい》をさしあげてください。
> 東《ひがし》の沼《ぬま》の妹《いもうと》より

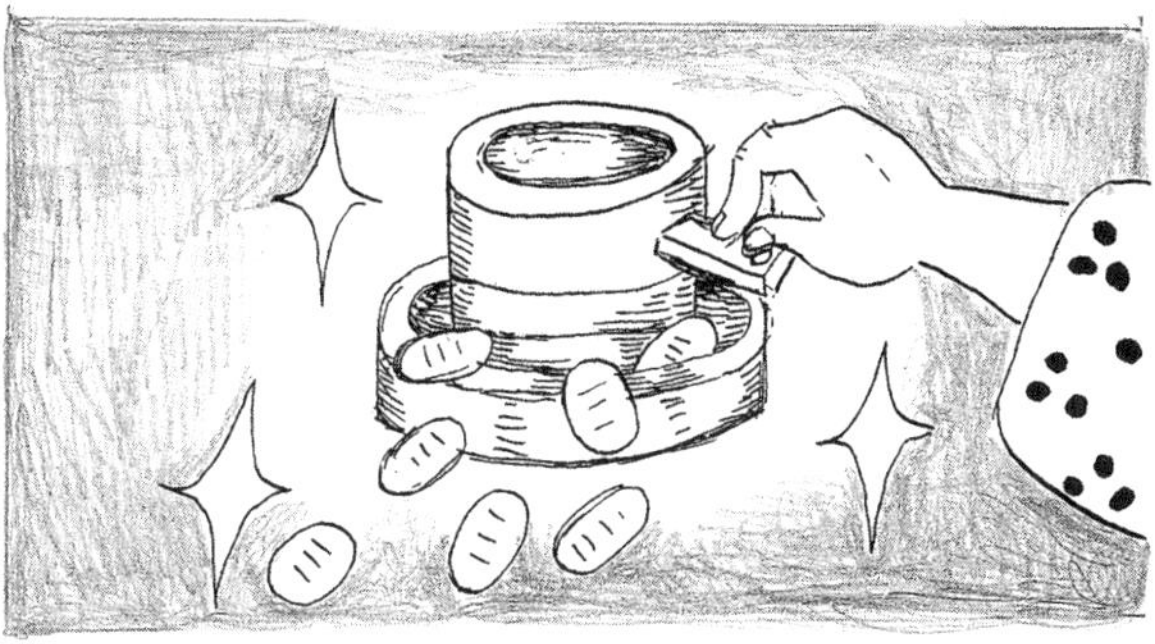

手紙《てがみ》を読《よ》んだ姉《あね》さまは、わかものに待《ま》っているようにとつげて、沼《ぬま》の中《なか》に入《はい》っていくと、まもなく、小《ちい》さな金《きん》の臼《うす》をもって出《で》てきた。

「この臼《うす》は、黄金《こがね》が出《で》てくる河童《かっぱ》の宝物《たからもの》。お前《まえ》にこれをあたえるが、ただし、まわすのは一日《にち》一回《かい》だけぞ」

そういって金《きん》の臼《うす》をわたした。

村《むら》に帰《かえ》ったわかものは、毎日《まいにち》、金《きん》の臼《うす》を一回《かい》だけまわして黄金《こがね》を出《だ》し、やがて長者《ちょうじゃ》になったそうな。

わかものには、なまけものの弟《おとうと》がおった。うわさを聞《き》いてやってくると、うばいとるようにして臼《うす》を借《か》りていった。弟《おとうと》は、一度《いちど》にどっさり黄金《こがね》を出《だ》そうと、臼《うす》をグルグルまわした。ところが、黄金《こがね》が出《で》るどころか、臼《うす》だけがクルクルまわりだして、とまらなくなった。なにをしても、どうやってもとまらない。

「この、役立《やくた》たずの臼《うす》め。えーい」

腹《はら》を立《た》てた弟《おとうと》は、臼《うす》を思《おも》いきりけとばした。すると、臼《うす》はコロコロとどこまでもころがって、東《ひがし》の沼《ぬま》にドボンと入《はい》った。いまも沼《ぬま》の底《そこ》には金《きん》の臼《うす》があるそうだ。

妖怪《ようかい》ことばあそび

嘘字《うそじ》

実際《じっさい》には存在《そんざい》しない漢字《かんじ》を作《つく》って遊《あそ》ぶのが「嘘字《うそじ》」だよ。つぎの1～4の嘘字《うそじ》の読《よ》み方《かた》を下《した》のイラストからえらんでみよう。

Q1

Q2

Q3

Q4

この問題《もんだい》の嘘字《うそじ》は、ぜんぶ江戸時代《えどじだい》に考《かんが》えだされたんだよ。歴史《れきし》を感《かん》じるよね。

せつぶん

さいのかわら

かっぱ

ばけもの

こたえは159ページ

5時《じ》間《かん》目《め》

天狗《てんぐ》の手紙《てがみ》

久保華誉《くぼかよ》

二百年《ひゃくねん》ほど前《まえ》の長野県《ながのけん》の話《はなし》。

霧ケ峰《きりがみね》は、いまでは高原《こうげん》や湿原《しつげん》のある、ながめのよい観光地《かんこうち》になっているが、むかしは天狗《てんぐ》が住《す》んでいるといわれていた。

そんな霧ケ峰《きりがみね》のそばの上諏訪《かみすわ》に、太郎兵衛《たろうひょうえ》ばばぁという、ばばさがいた。ひとりでくらしていたが、正直者《しょうじきもの》で、よくはたらく元気《げんき》なばばさだった。

ある日《ひ》のこと、太郎兵衛《たろうひょうえ》ばばぁは霧ヶ峰《きりがみね》近《ちか》くの山《やま》へ、薪《まき》をひろいに行《い》った。むかしは、薪《まき》を燃《も》やした火《ひ》で、ごはんを作《つく》ったり、ふろをわかしたりした。ばばさは、帰《かえ》ったらすぐに夕飯《ゆうはん》のしたくをせねばと、いそいで薪《まき》をあつめていた。

ところが、とつぜん強《つよ》い風《かぜ》がゴォーとふきつけてきた。木々《きぎ》のこずえのあいだから、ガザガザすさまじいものおとが近《ちか》づいてきて、かがんでいたばばさは、あわてて体《からだ》をおこした。

すると、目《め》の前《まえ》に背《せ》の高《たか》い大《おお》きな男《おとこ》が立《た》っていた。見《み》たことのない男《おとこ》だ。これはきっとうわさに聞《き》く天狗《てんぐ》だと、ばばさは思《おも》った。男《おとこ》は、

「太郎兵衛《たろうひょうえ》ばばぁ、日《ひ》ごろから正直者《しょうじきもの》のお前《まえ》に、ちょっくらたのみたい

ことがある。この手紙《てがみ》を、むこうの霧ケ峰《きりがみね》の天《てん》狗《ぐ》のところへもっていってくれ」

と、ふところから手紙《てがみ》をとりだした。ばばさは、

「へえ」

と手紙《てがみ》をうけとった。そのとき、「今日《きょう》、上《かみ》の諏訪《すわ》で火祭《ひまつ》りするで、すぐ見物《けんぶつ》にこい」と書《か》いてあるのが見《み》えた。上諏訪《かみすわ》は、ばばさの住《す》んでいるところだ。今日《きょう》はとくに祭《まつ》りはないはずじゃと首《くび》をかしげていると、男《おとこ》が、

「目《め》をふさげ。薪《まき》は、わしがひろっといてやる

でなぁ」

といった。ばばさが目《め》をつぶると、強《つよ》い風《かぜ》がゴォーとふき、体《からだ》がふわりと宙《ちゅう》にういたような、気《き》が遠《とお》くなるようなふしぎな心地《ここち》がした。そしてすぐに地面《じめん》に足《あし》がついた。

目《め》をあけると、そこにはたくさんの天狗《てんぐ》があつまっていた。天狗《てんぐ》のひとりが、ばばさから手紙《てがみ》をうけとり、読《よ》むと、

「わしたちも、これから上《かみ》の諏訪《すわ》の火祭《ひまつ》りに行《い》くぞ」

と、まわりの天狗《てんぐ》に声《こえ》をかけた。天狗《てんぐ》たちは口《くち》ぐちに、

「おう！」

とさけび、うきたっている。

手紙《てがみ》をうけとった天狗《てんぐ》が、ばばさに、

「お前《まえ》の村《むら》はでけえ火事《かじ》だ。いそいで帰《かえ》れ」

といった。ばばさは、天狗《てんぐ》の火祭《ひまつ》りとは火事《かじ》のことか、これはたいへんなことになったとおどろいた。天狗《てんぐ》が、せかすように、

「さあ、目《め》をふさげ」

というので、いわれたとおり、すぐ目《め》をつぶった。また強《つよ》い風《かぜ》がひとふきしたかと思《おも》うと、体《からだ》がうくような気《き》がした。あっというまに、下《した》におろされ、目《め》をあけると、もとの場《ば》

所《しょ》にもどっていた。

待《ま》っていた男《おとこ》は、

「ごくろうだった。上《かみ》の諏訪《すわ》は火祭《ひまつ》りの真《ま》っ最中《さいちゅう》だ。だが、手紙《てがみ》の使《つか》いをしてくれたほんのお礼《れい》に、お前《まえ》の家《いえ》はのこしてやる。はやく行《い》け」

そういって、ひとまとめになっている薪《まき》をばばさにわたした。

ばばさは、薪《まき》をうけとると、無我夢中《むがむちゅう》で家《いえ》に帰《かえ》った。山《やま》をおりると上《かみ》諏訪中《すわじゅう》がいちめん火《ひ》の海《うみ》になって、人《ひと》びとは大《おお》さわぎだった。燃《も》えてしまった家《いえ》は、ぜんぶで六百六十六けん。ただ、ばばさの家《いえ》が、焼《や》け野原《のはら》にぽつんとのこり無事《ぶじ》だった。

この大火事《おおかじ》は、天狗《てんぐ》がおこした火事《かじ》だから、天狗火事《てんぐかじ》といわれた。

ばばさは、天狗《てんぐ》があつめてくれた薪《まき》をつかわずに、長《なが》らくとっておいたそうだ。

手《て》を貸《か》してくれ

時海結以《ときうみゆい》

江戸時代《えどじだい》のことだ。江戸《えど》に殿様《とのさま》の書記《しょき》をしているわかい武士《ぶし》がいた。ある朝《あさ》、その武士《ぶし》が、殿様《とのさま》のお屋敷《やしき》の門《もん》へ入《はい》ろうとしたら、ひとりの年老《としお》いたお坊《ぼう》さんがとおりかかった。

「もし、お武家様《ぶけさま》。あなたは字《じ》がおじょうずとお見《み》うけします。もうしわけないが、その手《て》を貸《か》してくれないでしょうか。わしはこれから書道《しょどう》の会《かい》へ行《い》くところですが、手《て》をいためてしまったのです。どうか、おね

がいします」

お坊《ぼう》さんは頭《あたま》をさげる。

「それは気《き》のどくに。しかしわたしも、だいじな仕事《しごと》がありますので、いまからあなたのお手《て》つだいをするわけにも、まいりません」

「いいえ、手《て》つだいはいりません。ただ、手《て》を貸《か》してくだされ」

「手《て》を貸《か》す、とは、手《て》つだうことでしょう?」

「いいえ。ほんとうに手《て》を貸《か》してくださるだけで。おねがいいたします、助《たす》けてくだされ」

お坊《ぼう》さんはふかく頭《あたま》をさげた。けれど正直《しょうじき》なところ、話《はなし》のつうじないお坊《ぼう》さんだと、武士《ぶし》は思《おも》った。

「手《て》つだわずに手《て》を貸《か》すとは、どうしたらよいのかわかりません。いそぎますので、ごめん」

門《もん》に入《はい》ろうとした武士《ぶし》の前《まえ》に、さっとお坊《ぼう》さんが出《で》た。

「だいじょうぶ。二、三日《にちか》貸《か》してくだされば、用《よう》はすみますので」

とうとう、武士《ぶし》は根負《こんま》けした。はやく門《もん》に入《はい》りたくて、てきとうにこたえる。

「はい、わかりました」

すると、お坊《ぼう》さんは武士《ぶし》の右手《みぎて》を、両手《りょうて》でかるくにぎっただけで、

「ありがとうございます」と、行《い》ってしまった。

「なんだったのだろう」

武士《ぶし》は首《くび》をかしげながらお屋敷《やしき》に入《はい》り、さっそく仕事《しごと》をしようとした。会議《かいぎ》の記録《きろく》を、清書《せいしょ》しなくてはならない。仲間《なかま》とならんで机《つくえ》につき、新《あたら》しい紙《かみ》を広《ひろ》げ、すずりに墨《すみ》をすって、右手《みぎて》に筆《ふで》をもつ。

「んっ？　あれ？」

なぜか右手《みぎて》がうごかない。

「うっ、んぐぐ……」

筆《ふで》をもって字《じ》を書《か》こうとすると、手《て》が宙《ちゅう》でとまったまま、うごかなくなるのだ。

「おい、どうしたのだ？」

「ふざけるな、まじめに仕事《しごと》をしなさい」

「けっして、ふざけているわけではないのだが」

と、歯《は》をくいしばり、あぶらあせをながして、いくらがんばってみても、手《て》はうごかない。

仲間《なかま》たちが武士《ぶし》の右手《みぎて》をもってうごかそうとしても、だれもうごかすことができない。

「だめだ。まるで、大《おお》きな岩《いわ》をおしているように重《おも》い」

ざわざわしているそこへ、たまたま殿様《とのさま》が仕事《しごと》ぶりを見《み》にきた。

「これはなにごとじゃ？」

理由《りゆう》をたずねるので、「じつは……」と、武士《ぶし》が説明《せつめい》する。

「手《て》を貸《か》した？　おかしなことをもうすな」

殿様《とのさま》も武士《ぶし》の筆《ふで》をもった手《て》をおしてみたが、宙《ちゅう》でとまったきり、まったくうごかすことができない。

「なんということじゃ。もうよい、今日《きょう》は字《じ》を書《か》かず、ほかの仕事《しごと》をせよ」

殿様《とのさま》がめいじたとたんに、右手《みぎて》はうごくようになった。いろいろためしてみると、字《じ》を書《か》くこと以外《いがい》は、なんでもふつうにできるとわかった。

はたして二、三日《にち》して、またお屋敷《やしき》の門《もん》の前《まえ》で、武士《ぶし》はあのお坊《ぼう》さんに会《あ》った。

「おかげさまで助《たす》かりました。手《て》をおかえしします」

にこにこしているお坊《ぼう》さんに、武士《ぶし》は文句《もんく》をいった。

「あなたのおかげで、まったく字《じ》を書《か》けなくて不便《ふべん》でしたよ」

「それはもうしわけありませんでした。おわびに、こちらをさしあげましょう」

お坊《ぼう》さんがふところからとりだしたのは、文字《もじ》を書《か》いた紙《かみ》だった。

「これをかざっておけば、近所一帯《きんじょいったい》が火事《かじ》になっても、お屋敷《やしき》に燃《も》えうつることは、けっしてございません」

紙《かみ》を手《て》わたし、お坊《ぼう》さんはふっといなくなった。

武士《ぶし》がお屋敷《やしき》に入《はい》って、ためしに筆《ふで》をもってみたら、いままでどおり字《じ》が書《か》ける。

このことを殿様《とのさま》にもうしあげ、もらった紙《かみ》

を見《み》せると、殿様《とのさま》はとても感心《かんしん》した。

「それにしても、じょうずな字《じ》じゃ」

殿様《とのさま》はその紙《かみ》を掛《か》け軸《じく》にしたて、床《とこ》の間《ま》にかざった。すると、どんな火事《かじ》にも、このお屋敷《やしき》だけは燃《も》えずにのこった。

ところが、何代《なんだい》かあとの殿様《とのさま》の時代《じだい》に、掛《か》け軸《じく》を蔵《くら》にしまっておいたとき火事《かじ》があり、お屋敷《やしき》は焼《や》けてしまった。だが、しまってあった蔵《くら》だけは焼《や》けのこったそうだ。

妖怪《ようかい》ことばあそび

判《はん》じ物《もの》 その2

つぎの判《はん》じ物《もの》がなにをあらわしているかわかる？
こんどはさっきよりむずかしいわよ。

ふ……ヒントは、
Q1が鳥《とり》、
Q2が海《かい》そう
Q3が虫《むし》、
Q4が道具《どうぐ》だよ。

Q1

Q2

Q3

Q4

こたえは159ページ

6時《じ》間《かん》目《め》

師匠《ししょう》の竹筒《たけづつ》

三倉智子《みくらさとこ》

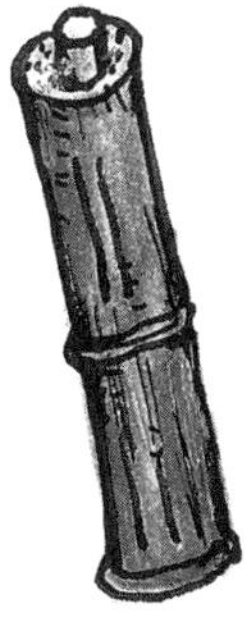

むかしむかし、中国《ちゅうごく》に風占《かぜうらな》いの名人《めいじん》がいた。毎日山《まいにちやま》や川《かわ》べりをしらべ、大風《おおかぜ》がくるか、台風《たいふう》がくるか占《うらな》った。

「今年《ことし》はハチの巣《す》が竹《たけ》の高《たか》いところにある。大風《おおかぜ》はこないからだいじょうぶ」とか、「水草《みずくさ》にある鳥《とり》の巣《す》が高《たか》い。きっと洪水《こうずい》になるような大《おお》あらしがくるぞ」と、みなにしらせた。

それ以外《いがい》にも、だれが、いつ、どこで風《かぜ》にふかれるかも占《うらな》った。

「ふーむ。山《やま》で木《き》をきっているときに大風《おおかぜ》に当《あ》たってころぶだろう。いや、だいじょうぶ、この薬《くすり》をもっていきなさい」

などといって、自分《じぶん》で調合《ちょうごう》した薬《くすり》をもたせたりした。

いやはや、その当《あ》たること、当《あ》たること。やがて、風占《かぜうらな》いの師匠《ししょう》とよばれ、その名《な》は広《ひろ》くとどろいた。

そんなある日《ひ》、師匠《ししょう》の弟子入《でしい》りを希望《きぼう》するわかものが、従者《じゅうしゃ》をつれてやってきた。師匠《ししょう》はふふ、と笑《わら》っていった。

「風《かぜ》にふかれてやってきたか。まぁいい。だが、お前《まえ》になにか教《おし》えることはもちろん、お前《まえ》の生活《せいかつ》のめんどうを見《み》ることはいっさいしない。それでもよいか」

「も、もちろんでございます。ここにおいていただくだけでありがたきこと。よろしくおねがいいたします」

それから毎日《まいにち》、わかものは師匠《ししょう》について山《やま》や川《かわ》を歩《ある》きに歩《ある》いた。最初《さいしょ》はなにをしているのか、なにをしらべているのかさっぱりわからず、ただ、朝《あさ》はやくからおそくまでついてまわった。わかものがつれてきた従者《じゅうしゃ》は、食《た》べることから、せんたくなど、ふたりの生活《せいかつ》をすべてささえた。

何年《なんねん》かたち、わかものは自分《じぶん》でも風《かぜ》を占《うらな》うことができるようになった、と考《かんが》えた。ハチの巣《す》や鳥《とり》の巣《す》から、今年《ことし》の風《かぜ》を予測《よそく》することができたからだ。

（よし、お師匠《ししょう》さまの予測《よそく》とほぼおなじ結果《けっか》を出《だ》すこともできる。ふるさとに帰《かえ》ったら、きっとわたしも、風占《かぜうらな》いの師匠《ししょう》とよばれることになるぞ……）

わかものはこう思《おも》うと、さっそく師匠《ししょう》にもうしでた。

「お師匠《ししょう》さま、長《なが》いあいだのお教《おし》え、まことにありがとうございました。おかげさまにて、わたしも風占《かぜうらな》いができるようになりました。ふるさとにもどり、人《ひと》びとの役《やく》に立《た》てれば、と思《おも》っております。どうぞこのこと

をおゆるしいただきたくぞんじます」

師匠《ししょう》はまたふふ、と笑《わら》った。

「風《かぜ》にふかれて出《で》ていくか。自分《じぶん》でそうしようと思《おも》うなら、そうするまでだ」

数日後《すうじつご》、わかものは従者《じゅうしゃ》をつれて師匠《ししょう》の家《いえ》を出《で》た。師匠《ししょう》はわかものにあるものをわたした。

「いままでごくろうだったな。これはわしからの、まぁせんべつだ。道中《どうちゅう》なにがおきるかわからん。こまったときにはこれをあけてみなさい」

それは小《ちい》さな軽《かる》い竹筒《たけづつ》だった。

「ありがとうございます、お師匠《ししょう》さま」

そうはいったものの、

(何年《なんねん》ものあいだ、師匠《ししょう》の生活《せいかつ》もすべてめんどう見《み》てきたのにな、これだけか)

と、ちょっぴりざんねんに思《おも》い、その竹筒《たけづつ》を荷物《にもつ》の一番下《いちばんした》におしこんだ。

わかものと従者《じゅうしゃ》は順調《じゅんちょう》に帰《かえ》り道《みち》を行《い》った。ところがもうすぐふるさと、という川《かわ》のせきで、大《おお》あらしにあった。こうなっては渡《わた》し舟《ぶね》は出《で》ない。

何日《なんにち》か待《ま》って、ようやくあらしもおさまり、やれやれつぎの舟《ふね》にのれる、

と思《おも》ったとき、

「じゃまだ。とっとそこをどけ。ほら、お役人様《やくにんさま》が先《さき》をいそいでおられる」

と、えらそうな口《くち》ぶりの一行《いっこう》がきた。うしろにはふんぞりかえった役人《やくにん》がにらんでいる。

「なにをいってんだ。こっちは何日《なんにち》も舟《ふね》を待《ま》っていたんだ。おれたちの番《ばん》だ」

わかものと従者《じゅうしゃ》がいくらどなったところで、なんにもならない。ふたりはとりかこまれ、やられるいっぽうだ。ガッといやな音《おと》がした。

みると従者《じゅうしゃ》の頭《あたま》から血《ち》が出《で》ている。うずくまっている従者《じゅうしゃ》と心配《しんぱい》そうなわかものを尻目《しりめ》に、ふんぞりかえった役人《やくにん》が舟《ふね》にのった。

腹立《はらだ》たしさより、血《ち》のとまらないきずのほうが心配《しんぱい》だ。なにかないか、とわかものがふくろをさぐっていると、お師匠《ししょう》さまの竹筒《たけづつ》にさわった。

（そうだ、なにかこまったときには、あけてみなさいっていわれたっけ）

竹筒《たけづつ》のふたをとってみると、中《なか》にはないい、、なんこうと短《みじか》い文《ふみ》が入《はい》っていた。

こんな文面《ぶんめん》だった。

〈帰《かえ》るとちゅう、お前《まえ》は川《かわ》のせきであらしにあい、舟《ふね》をめぐって、役人《やくにん》の一行《いっこう》とやりあうだろう。お前《まえ》か従者《じゅうしゃ》かどちらか頭《あたま》にけがをする。出血《しゅっけつ》がひどいだろうが、この薬《くすり》をよくぬりこめ。すぐに血《ち》はとまる。だい

じょうぶだ〉

わかものは、びっくりした。ええっ、まさか？　と思《おも》いながらも従者《じゅうしゃ》の頭《あたま》に薬《くすり》をぬると、ピタリと血《ち》はとまった。

ほっと息《いき》をはき、それからわかものは、がくりと首《くび》をたれた。

ああ、お師匠《ししょう》さまにはまだまだ、まだまだかなわない！

むかし話《ばなし》の奇《き》跡《せき》

望月正子《もちづきまさこ》

杏子《ももこ》は、赤《あか》ちゃんのときから、仕事《しごと》に出《で》かけるお父《とう》さんお母《かあ》さんのかわりに、ずっとおばあちゃんに遊《あそ》んでもらっていた。

おばあちゃんは、毎日《まいにち》のように絵本《えほん》を読《よ》んでくれた。そして、おばあちゃんが子《こ》どものころ聞《き》いたという、子守歌《こもりうた》やむかし話《ばなし》もとくいで、よく話《はな》してくれた。

だから杏子《ももこ》は、まだ字《じ》も読《よ》めないうちから、お気《き》に入《い》りの絵本《えほん》やむか

し話《ばなし》をすっかりおぼえてしまった。
おばあちゃんは保育園《ほいくえん》でも、杏子《ももこ》のたくさんのお友《とも》だちに、むかし話《ばなし》を語《かた》ってあげるようになった。
やがて杏子《ももこ》は、本《ほん》やお話《はなし》の大好《だいす》きな中学生《ちゅうがくせい》になり、図書委員《としょいいん》になった。
昼休《ひるやす》みになると、大《おお》いそぎでごはんを食《た》べて、図書室《としょしつ》へまっしぐら。貸《か》し出《だ》し当番《とうばん》でない日《ひ》は、読《よ》んだことのない本《ほん》がいっぱいならぶ書棚《しょだな》を探検《たんけん》してまわり、一さつずつ借《か》りて

読《よ》むのが楽《たの》しみだった。

そんなある日《ひ》、杏子《ももこ》は学校《がっこう》からの帰《かえ》り道《みち》、横断歩道《おうだんほどう》で自動車事故《じどうしゃじこ》にあい、頭《あたま》を打《う》って大《おお》けがをした。

病院《びょういん》へ運《はこ》ばれた杏子《ももこ》は、すぐに手術《しゅじゅつ》をうけたけど、意識《いしき》がもどらない。

「できるかぎりの手当《てあ》てはしましたから、あとは本人《ほんにん》の生命力《せいめいりょく》をしんじましょう」

と先生《せんせい》はいう。

おばあちゃんはつききりで、

「いたかっただろうね。つらいだろうね。できるならわたしがかわって
やりたいよ」
と、杏子《ももこ》の手《て》をさすりつづけた。
意識《いしき》がない杏子《ももこ》の顔《かお》は、ただねているように見《み》える。いまにも目《め》をパ
チッとあけて、「おばあちゃん」とよびそうだ。
おばあちゃんは、小《ちい》さいころ杏子《ももこ》が大好《だいす》きだった童話《どうわ》やむかし話《ばなし》の本《ほん》
を家《いえ》からもってきて、ねむりつづける杏子《ももこ》に読《よ》みきかせをしてみた。
読《よ》んでも読《よ》んでも杏子《ももこ》は目《め》をあけない。
「ああ、杏《もも》ちゃんは目《め》をとじているから絵《え》が見《み》えないいんだね。じゃあむ
かし話《ばなし》にしようか」

まだ杏子《ももこ》が保育園《ほいくえん》のころ、どうしてもむずかって泣《な》きわめき、絵本《えほん》も投《な》げだしてしまったことがあった。こまりはてたおばあちゃんが、かけ声《ごえ》のおもしろい「さる地蔵《じぞう》」のむかし話《ばなし》をしたら、ぱたっと泣《な》きやんで、キャラキャラ笑《わら》ったのだ。

「さる地蔵《じぞう》」の話《はなし》では、川《かわ》のそばでねていたおじいさんを、お地蔵《じぞう》さんとまちがえたさるたちが、川《かわ》むこうのお堂《どう》に運《はこ》ぼうとして、川《かわ》をわたるとき、

「おっぺんぐるまてっぺんぐるま、さーるのけっつはぬれてもいいが、地蔵《じぞう》のけつはぬらすでねえよ、えんやらえんやらほーいほい」

とうたうのだ。

えんやら
えんやら
ほーい ほい

それからしょっちゅう「おっぺんぐるま、てっぺんぐるま……」といってお話《はなし》をせがみ、とうとうおぼえてしまったほど、大好《だいす》きな話《はなし》だ。

おばあちゃんはむちゅうで「さる地蔵《じぞう》」を語《かた》りだした。

「むかーしむかし、あるところにじいとばあがおった……」

いまにも杏子《ももこ》がぱっちり目《め》をあけ、キャラキャラ笑《わら》って、いっしょに語《かた》りはじめるのではないかと、とりつかれたように語《かた》りつづけた。

「おっぺんぐるまてっぺんぐるま、さーるのけっつはぬれてもいいが、地蔵《じぞう》のけつはぬらすでねえよ、えんやらえんやらほーいほい」

ある日《ひ》、とうとう病院《びょういん》の先生《せんせい》に、「もう、意識《いしき》がもどるのは、むずかしいかもしれません」といわれた。

おばあちゃんはいやいやをして、杏子《ももこ》のいちばん好《す》きな、かけ声《ごえ》のところだけを語《かた》った。

「おっぺんぐるまてっぺんぐるま、さーるのけっつはぬれてもいいが、地蔵《じぞう》のけつはぬらすでねえよ……」

そうして何度目《なんどめ》かの「さーるのけっつ」まで語《かた》ったとき、杏子《ももこ》の口《くち》がちょっとうごいた。

それでおばあちゃんは、(かならず聞《き》こえている)と思《おも》った。

「さーるのけっつはぬれてもいいが、地蔵《じぞう》のけつはぬらすでねえよ……」

祈《いの》るような気持《きも》ちでおばあちゃんは語《かた》りつづけた。もう百回《かい》ぐらい

さーるのけっつ♪
ふふっ

語《かた》ったかな、と思《おも》ったとき、杏子《ももこ》がふーと息《いき》をはいてパッチリ目《め》をあけ、ふふっと声《こえ》をだして笑《わら》った。

杏子《ももこ》はいま、保育園《ほいくえん》の先生《せんせい》になって、園児《えんじ》たちに絵本《えほん》を読《よ》んだりむかし話《ばなし》を語《かた》ったりしている。

おばあちゃんももちろん、子《こ》どもたちにかこまれ「むかーしむかし」と語《かた》りつづけている。

帰《かえ》りのHR《ホームルーム》

二宮金次郎先生《にのみやきんじろうせんせい》が大《おお》きなメガネをおさえながら教室《きょうしつ》に入《はい》ってきました。

「さて、みんな図書館《としょかん》へ行《い》ってみたかな？　どんな本《ほん》に興味《きょうみ》をもったか、順番《じゅんばん》に報告《ほうこく》してもらおうか」

「はい」

と、ガイコツのホネオが手《て》をあげました。

「ぼくは『人体《じんたい》のふしぎ99』という本《ほん》がおもしろかったです」

「うん。ホネオくんにぴったりの本《ほん》だね」

「うしみつトオル先生《せんせい》の本《ほん》がたくさんあって、うれしかったな」

と、タヌキのポン太《た》がいいました。

「ポン太《た》、うしみつ先生《せんせい》の大《だい》ファンだもんね」

とトイレの花子《はなこ》。

「うん、サイン入《い》りの本《ほん》ももっているよ。でも、図書館《としょかん》には、ぼくがしらない本《ほん》もいっぱいあった」

「おれが読《よ》んでるのみたいに、むずかしい本《ほん》もあるからな」

と、ぬらりひょんぬらりんはとくいげにいいました。

「わたしは『怪談《かいだん》オウマガドキ学園《がくえん》』を読《よ》んでみました。ほんとにこの学園《がくえん》のことが書《か》いてあるのでびっくりしました。わたしのことも出《で》てくるけど、もうちょっとかわいくかかれてたらよかったのにな」

と、座敷《ざしき》わらしの小夜《さよ》はすこし不満《ふまん》そうです。

「そう？　小夜《さよ》ちゃんらしくていいと思《おも》ったけど。この本《ほん》、わたしたちがならった話《はなし》がたくさん出《で》てるから、復習《ふくしゅう》になりそうね。『怪談《かいだん》レストラン』もおもしろそう。ぜんぶ読《よ》んでみたいな」

と、雪娘《ゆきむすめ》のゆき子《こ》がいいました。

フッ……
ぬらりん見《み》えないよ……
世界の河童ずかん
う~ん
わたしこんなかなぁ~
怪談レストラン
そっくりじゃん
コレ
※怪談《かいだん》レストラン1巻《かん》だよ
※怪談《かいだん》オウマガドキ学園《がくえん》15巻《かん》だ

「でも、このシリーズはたくさんあるから、ぜんぶ読《よ》むのはたいへん」

幽麗華《ゆうれいか》がそういうと、二宮先生《にのみやせんせい》はにっこり笑《わら》いました。

「それだけたくさん読《よ》む楽《たの》しみがあるってことだね。すこしずつ読《よ》んでいけば、いつのまにか全巻読破《ぜんかんどくは》できるんじゃないかな」

「ぼくは図書館《としょかん》のふんいきが好《す》きだな。本《ほん》にかこまれてしずかな感《かん》じがいいよ」

と、河童《かっぱ》の一平《いっぺい》がいいました。

「おれは『妖怪絵巻《ようかいえまき》』と『恐竜図鑑《きょうりゅうずかん》』がよかった。絵《え》がきれいだし」

と牛鬼《うしおに》のウシオ。

「ぼくは『マンガで読《よ》む人間世界入門《にんげんせかいにゅうもん》』を借《か》りたよ」

妖怪絵巻《ようかいえまき》
恐竜図鑑《きょうりゅうずかん》
しーーん……
岩ノ森小次郎の
マンガで読む
人間世界入門

と、人面犬助《じんめんけんすけ》がいいました。

二宮先生《にのみやせんせい》は、うなずきながら、みんなの話《はなし》を聞《き》いていました。

「みんなそれぞれにおもしろい本《ほん》を見《み》つけたようだね。本《ほん》は新《あたら》しい世界《せかい》の入《い》り口《ぐち》だ。これからもいろんな本《ほん》と出会《であ》って、知識《ちしき》や想像《そうぞう》の世界《せかい》を広《ひろ》げていってほしいな」

先生《せんせい》はにこにこと満足《まんぞく》そうに教室《きょうしつ》を出《で》ていきました。

帰《かえ》り道《みち》

どくしょ
ニャン子
これ読《よ》んできたえるニャ！
おもしろかったね～ また図書館《としょかん》いこうよ
ぼくも のってるんだって！

ぬらりん だいじょうぶ?
フ……
ペラ ペラ
なぁなぁ! このページすごい かっこいいだろ!
うん!
いい本《ほん》 見《み》つけた~!
おもしろいよ~!
前《まえ》見《み》てあるけよ~
あ、へんきゃくび すぎてる……
怪談《かいだん》レストラン 何巻《なんかん》かりたの?
ほんとに こわい
2巻《かん》と3巻《かん》 かりたよ!
4さつめ!!
先生《せんせい》におしえてもらった 「ドキドキ魔法学校《まほうがっこう》」 すごくおもしろいよ~!
ちょっと! はやく かえしなよ~!
その本《ほん》おもしろ そうだね!

解説《かいせつ》

大島清昭《おおしまきよあき》

こんばんは。みなさん、今夜《こんや》の授業《じゅぎょう》はいかがでしたでしょうか。今回《こんかい》は、本《ほん》や手紙《てがみ》や文字《もじ》などの話《はなし》でした。言葉《ことば》や文字《もじ》は、わたしたちにとって、なくてはならないものです。自分《じぶん》の気持《きも》ちをつたえたり、たいせつなことを記録《きろく》したり、ときには、魔法《まほう》の呪文《じゅもん》のように、ふしぎな力《ちから》をはっきりすることもありますね。

今日《きょう》の**「はじまりのHR《ホームルーム》」**の担当《たんとう》は、二宮金次郎先生《にのみやきんじろうせんせい》です。図書室《としょしつ》からいくつも本《ほん》をかかえてもってきて、みんなに紹介《しょうかい》してくれました。

1時間目《じかんめ》の**「怖《こわ》い本《ほん》」**は、ブラジルのサンパウロの話《はなし》です。ガブリエラは図書館《としょかん》で『怖《こわ》い本《ほん》』という本《ほん》を見《み》つけます。帰《かえ》り道《みち》で読《よ》みはじめると、ふしぎなことがおこったので、本《ほん》をかえしに図書館《としょかん》へもどりましたが、タイトルどおり、ほんとうに怖《こわ》い目《め》にあいました。**「図書室《としょしつ》のむこう側《がわ》」**では、中学生《ちゅうがくせい》の葉月《はづき》が、昼休《ひるやす》みの図書室《としょしつ》で、本《ほん》棚《だな》のむこう側《がわ》の部屋《へや》にまよいこみ、セツ子先生《こせんせい》とユキちゃんに出会《であ》いました。はたして葉月《はづき》は、タイムトラベルをしていたのでしょうか。
休《やす》み時間《じかん》は**「妖怪《ようかい》ことばあそび」**です。回文《かいぶん》を読《よ》んだり、判《はん》じ物《もの》のクイズにちょうせんしたり、楽《たの》しい遊《あそ》びがもりだくさんです。
2時間目《じかんめ》の**「ブリュースの『魔法《まほう》の書《しょ》』」**はロシアの話《はなし》です。天文学者《てんもんがくしゃ》で妖術師《ようじゅつし》のブリュースは、スーハレフの塔《とう》で研究《けんきゅう》をしていましたが、皇帝《こうてい》につかまりそうになります。ブリュースは事前《じぜん》に『魔法《まほう》の書《しょ》』で自分《じぶん》の危機《きき》をしって、にげたのでしょうか。スーハレフの塔《とう》はじっさいにあった塔《とう》ですが、一九三四年《ねん》に解体《かいたい》されてしまいました。
「黒《くろ》い森《もり》の『魔法《まほう》の本《ほん》』」は、ドイツ南西部《なんせいぶ》の話《はなし》です。木《き》こりのルドルフは、木《き》のうろの中《なか》で、小《ちい》さな本《ほん》を見《み》つけます。それから、家《いえ》にとじこもって、毎日《まいにち》、朝《あさ》から晩《ばん》まで本《ほん》を読《よ》みふけるようになってしまいました。どうやらその『魔法《まほう》の本《ほん》』は、悪魔《あくま》の本《ほん》だったようです。おかみさんのおかげで、ルドルフはもとにもどりましたが、あのまま『魔法《まほう》の本《ほん》』を読《よ》んでいたらと思《おも》うと、ぞっとします。
3時間目《じかんめ》の**「ページが進《すす》む本《ほん》」**は、真奈《まな》が春《はる》のお彼岸《ひがん》におばあちゃんの家《いえ》にとまりにいったときの体験《たいけん》です。真奈《まな》は大《おお》きな本棚《ほんだな》のおかれた部屋《へや》で、一さつの本《ほん》を読《よ》みはじめます。それは、亡《な》くなったさっちゃんが最後《さいご》に読《よ》みかけた本《ほん》でした。さっちゃんも、真奈《まな》といっしょに読書《どくしょ》をしていたのかもしれませんね。**「書《か》けない」**は、書《か》こうとするとふしぎなことがおこる怪談《かいだん》をめぐる話《はなし》です。青《あお》いワンピースの少女《しょうじょ》は、怪談《かいだん》を書《か》かせないようにするため、編集者《へんしゅうしゃ》の城田《しろた》を頭痛《ずつう》にしたのです。

4時間目《じかんめ》の**「ぜったい当《あ》たる性格診断《せいかくしんだん》」**は、ふしぎな超能力者《ちょうのうりょくしゃ》の話《はなし》です。紗織《さおり》は、最初《さいしょ》は手紙《てがみ》に書《か》いてあった性格診断《せいかくしんだん》をしんじますが、超能力者《ちょうのうりょくしゃ》に会《あ》いにいった公園《こうえん》で、手紙《てがみ》の内容《ないよう》が全員《ぜんいん》おなじであることをしります。超能力者《ちょうのうりょくしゃ》は人間《にんげん》の魂《たましい》をねらう悪魔《あくま》なのでしょうか。**「当《あ》たりくじ」**はドイツのベルリンの話《はなし》です。くつ屋《や》はふしぎな夢《ゆめ》を見《み》て、宝《たから》くじを一まいだけ買《か》いました。抽選《ちゅうせん》の日《ひ》、くつ屋《や》は自分《じぶん》の番号《ばんごう》が一等賞《とうしょう》であることをしります。しかし、宝《たから》くじがドアにはりついてはがれないので、ドアごともっていって、ぶじに賞金《しょうきん》をうけとることができました。みんなびっくりしたでしょうね。

給食《きゅうしょく》の**「河童《かっぱ》の手紙《てがみ》」**では、あるわかものが、娘《むすめ》からなにも書《か》いていない白《しろ》い紙《かみ》を姉《あね》にとどけるようにたのまれました。しかし、和尚《おしょう》さんによれば、それは河童《かっぱ》の手紙《てがみ》で、このままではわかものの尻《しり》こ玉《だま》があぶないそうです。和尚《おしょう》さんがとっさに手紙《てがみ》を書《か》きかえてくれたおかげで、わかものは助《たす》かり、河童《かっぱ》の宝物《たからもの》も手《て》に入《い》れました。これは「水《みず》の神《かみ》の文使《ふみづか》い」や「沼神《ぬまがみ》の手紙《てがみ》」としてしられるむかし話《ばなし》です。

5時間目《じかんめ》の**「天狗《てんぐ》の手紙《てがみ》」**は、長野県《ながのけん》の話《はなし》です。山《やま》に薪《まき》をひろいにいったばばさが、天狗《てんぐ》から手紙《てがみ》をもっていってくれとたのまれます。ばばさの住《す》んでいる場所《ばしょ》で火祭《ひまつ》りがあるということでしたが、ほんとうは火事《かじ》のことでした。たくさんの家《いえ》が焼《や》けてしまいましたが、天狗《てんぐ》は手紙《てがみ》をとどけてくれたお礼《れい》に、ばばさの家《いえ》だけはのこしてくれました。天狗《てんぐ》は火事《かじ》が好《す》きな妖怪《ようかい》だといわれています。**「手《て》を貸《か》してくれ」**は、江戸《えど》時代《じだい》の話《はなし》です。ある朝《あさ》、殿様《とのさま》の書記《しょき》をしていた武士《ぶし》は、お坊《ぼう》さんから、手《て》を貸《か》してくれとたのまれました。その日《ひ》から、武士《ぶし》は字《じ》を書《か》くことだけができなくなってしまいます。どうやらお坊《ぼう》さんは、武士《ぶし》から字《じ》を書《か》く能力《のうりょく》だけを借《か》りたようです。

6時間目《じかんめ》の**「師匠《ししょう》の竹筒《たけづつ》」**は中国《ちゅうごく》の話《はなし》です。風占《かざうらな》いの名人《めいじん》の弟子《でし》は、もう自分《じぶん》も師匠《ししょう》とおなじ占《うらな》いができると思《おも》い、ふるさとに帰《かえ》ることにしました。しかし、帰《かえ》り道《みち》でこまったことになり、師匠《ししょう》からわたされた竹筒《たけづつ》をあけます。その中《なか》の手紙《てがみ》を読《よ》んで、弟子《でし》は師匠《ししょう》にはまだまだかなわないことをしりました。**「むかし話《ばなし》の奇跡《きせき》」**は、感動《かんどう》のお話《はなし》です。中学生《ちゅうがくせい》になった杏子《ももこ》は、ある日《ひ》、自動車事故《じどうしゃじこ》にあってしまいます。病院《びょういん》の先生《せんせい》にもう意識《いしき》はもどらないかもしれないとつげられたおばあちゃんは、杏子《ももこ》の好《す》きだった「さる地蔵《じぞう》」のかけ声《ごえ》を何度《なんど》も何度《なんど》も語《かた》りました。すると、意識《いしき》がもどったのです。むかし話《ばなし》の力《ちから》とおばあちゃんのふかい愛情《あいじょう》が、杏子《ももこ》にとどいたのでしょう。

「帰《かえ》りのＨＲ《ホームルーム》」は、図書館《としょかん》で見《み》つけた本《ほん》についてみんなで発表《はっぴょう》しました。それぞれおもしろそうな本《ほん》を見《み》つけられましたね。みなさんも、あしたはぜひ図書室《としょしつ》や図書館《としょかん》へ足《あし》を運《はこ》んでみてください。きっと、本《ほん》たちとのすてきな出会《であ》いがあると思《おも》いますよ。

妖《よう》怪《かい》ことばあそび　こたえ

妖怪《ようかい》ことばあそび　判《はん》じ物《もの》　その1　55ページ

Q1　イワシ

Q2　オケラ

Q3　ハト

妖怪《ようかい》ことばあそび　嘘字《うそじ》　107ページ

Q1

かっぱ

Q2

ばけもの

Q3

せつぶん

Q4

さいのかわら

妖怪《ようかい》ことばあそび　判《はん》じ物《もの》　その2　125ページ

Q1　ウズラ

Q2　ひじき

Q3　カマキリ

Q4　水《みず》がめ

参考文献
小野恭靖　2005『ことば遊びの世界』新典社選書
今野真二　2016『ことばあそびの歴史―日本語の迷宮への招待』河出ブックス

怪談オウマガドキ学園編集委員会
常光 徹（責任編集） 岩倉千春
大島清昭 高津美保子 米屋陽一

協力
日本民話の会

怪談オウマガドキ学園
25 図書室は異次元空間

2017年10月16日 第1刷発行

怪談オウマガドキ学園編集委員会・責任編集 ■ 常光 徹
絵・デザイン ■ 村田桃香（京田クリエーション）
絵 ■ かとうくみこ 山﨑克己
写真 ■ 岡倉禎志

発行所 株式会社童心社
〒112-0011 東京都文京区千石4-6-6
03-5976-4181（代表） 03-5976-4402（編集）
印刷 株式会社光陽メディア
製本 株式会社難波製本

©2017 Toru Tsunemitsu, Chiharu Iwakura, Kiyoaki Oshima, Mihoko Takatsu, Yoichi Yoneya, Hiroshi Ishizaki, Noriko Kitamura, Kayo Kubo, Aiko Konno, Kimiko Saito, Eiko Sugimoto, Yui Tokiumi, Satoko Mikura, Masako Mochizuki, Momoko Murata, Kumiko Kato, Katsumi Yamazaki, Tadashi Okakura

Published by DOSHINSHA Printed in Japan
ISBN978-4-494-01733-1 NDC913 159p 17.9×12.9cm
https://www.doshinsha.co.jp/

本書の複写、スキャン、デジタル化等の無断複製は著作権法上での例外を除き禁じられています。
本書を代行業者等の第三者に依頼してスキャンやデジタル化することは、
たとえ個人や家庭内の利用であっても、著作権法上、認められておりません。

オウマガドキ学《がく》園《えん》 4コマ劇《げき》場《じょう》

音《おん》読《どく》